邂逅漠北

富春 / 著

新华出版社

图书在版编目（CIP）数据

邂逅漠北 / 富春著. — 北京：新华出版社, 2021.5

ISBN 978-7-5166-5847-5

Ⅰ.①邂… Ⅱ.①富… Ⅲ.①随笔—作品集—中国—
当代 Ⅳ.①I267.1

中国版本图书馆CIP数据核字(2021)第089030号

邂逅漠北

作　　者：富　春	
责任编辑：蒋小云	**封面设计：**邢海鸟

出版发行：新华出版社

地　　址：北京石景山区京原路 8 号　　邮　　编：100040

网　　址：http://www.xinhuapub.com　　http://press.xinhuanet.com

经　　销：新华书店

购书热线：010-63077122　　**中国新闻书店购书热线：**010-63072012

照　　排：中版图

印　　刷：河北盛世彩捷印刷有限公司

成品尺寸：185mm×260mm

印　　张：17　　字　　数：327 千字

版　　次：2021 年 5 月第一版　　印　　次：2021 年 5 月第一次印刷

书　　号：ISBN 978-7-5166-5847-5

定　　价：68.00 元

目 录

▲ 羊群点缀的草原

▼ 成吉思汗广场

前记

2014年，拾笔开始写这些文字的时候，已经是到蒙古的第27天了。当获悉将赴蒙学习时，我就计划写点什么。本来打算从到达的第一天就着手准备，可是从9月5日下飞机开始，几乎每天都有一些与学习不相干的事务要去处理，上完课就要去租房子、办签证、买生活用品……一拖再拖。直到昨天——伟大祖国65周年华诞，在异乡的我也得到眷顾，终于有心绪和时间打开电脑进行记述。

至于写作的目的，一是为促进自己的学业，"业精于勤，荒于嬉"，每天开卷能够起到很好的自我监督作用；二是为详细记述自己在蒙古求学期间的所见所闻，毕竟这样的机会十分难得，美好的记忆需要"备忘"，匆匆略过实在可惜。至于写作的文体，起初想过用日记的形式，但最后还是觉得札记比较好，毕竟札记的形式更加自由一些。

出发

现在再回想当时出发前的情景，实在有些仓促。9月4日拿到护照，下午5点才得知要乘9月5日早上8时50分北京—乌兰巴托的国航航班。4日半夜收拾好行囊，和老婆交代了一些事情，囫囵睡了4个小时，5日凌晨5时就爬起来了，老婆也起床送我。临行前，我亲了亲还在熟睡中的宝贝女儿，在老婆的不舍中走出小区院子，搭上事先预约的出租车，前往机场。

虽然事先有所准备，但好像越临近出发，事情越多，总觉得还有或这或那要处理和交代的事情，感觉很匆忙。然而，现在回想起来，这份匆忙感也暂时抑住了即将离家的不安，自己当时也想借忙碌来转移对妻女不舍的心绪，仿佛这比就绪后再安静等待离别之苦的翻腾要容易接受些。老婆很坚强，宝贝也十分懂事。一个不停地叫我放心，会照看好家里；一个若有所思，好像在故意躲避着与我分别的情绪。但我依然能够感受到她们对我的不舍，因为我也如此。

我来了

接上同行的哥们，赶到机场，过了安检。又利用登机前的半个小时，给爸妈去了电话，报了平安，并提醒二老注意身体。接着又向几位重要的朋友短信道别，带着他们的祝福，我登上了CA901，飞往乌兰巴托。

第一次出国，不免有些兴奋，本想在飞机上睡一会儿，但怎么也睡不着。机翼不时划破云层，让我有机会瞧一瞧苍茫的蒙古高原。几眼下来，感觉城镇稀少、间有河溪，望不到人、一片寂静。

两个半小时后，飞机开始下降，机翼下方出现了乌兰巴托的轮廓，像块墨玉，嵌在环山之中，密密麻麻的建筑五颜六色，好像精致的沙盘模型。在临近城市的边缘地带，我看见了蒙古包、栅栏、畜群，居然还看到了几处耕地。飞机只盘旋了大半圈，就沿着跑道平安着陆了。走下舷梯，第一脚踏上蒙古大地的同时，我抬头望了下天空，果然跟传闻与期待中的一样，湛蓝湛蓝的颜色，深邃而浓重，让人莫名心情舒畅。阳光很耀眼，像是来自四面八方，将人包围。还有吹过来的丝丝凉风，却并没有草场和畜群的味道。我来了! 我久闻未见的喀尔喀蒙古!

▶ 久闻的乌兰巴托越来越近了

大个子

搭乘上摆渡大巴，来到机场大楼，由于在飞机上填写入境登记单时没有填赴蒙详细地址，海关小伙儿边说边在具体地址一栏上比画，借助这一系列引导动作和已有的蒙语功底，我迅速补填好信息。紧接着一个带有"索音布"①图案的长方形蒙古海关入境章戳在我的护照尾页。

转下楼梯，取上行李，我才开始认真打量成吉思汗机场入境区域。并不太大的厅堂表明了飞机的稀少，蒙英双语的各类提示牌提醒着我们，这里是国外。出口安检处几位蒙古"空嫂"令人印象深刻——40岁左右，制服整洁，体格强壮，妆容欧化。几个人正用地道的喀尔喀腔大声说笑，咬字清晰，语速略快，几个单词没能听懂，大体和午饭有关。

走出安检口的时候，身边已经没有其他旅客了，会不会有接机牌?中文的还是蒙文的？……我们边往外走，边搜寻让自己觉得不陌生的东西。当我在接机人群中一眼扫到一个鹤立鸡群的大高个时，发现他也正盯着我们，并向我们的方向靠拢过来。双方的判断很默契，有限但十分突出的特点使对方都不难找到自己要寻找的人。

两个巴特哈斯

虽然登机前就已电话告知蒙方航班信息，但我并不确定接机人的信息，只是那高个头在本来就不大的接机区域里实在显眼。猜测应该是他了。

---

① 索音布：由一世哲布尊丹巴创作的一种民族图案，含有坛城、日、月、火等元素。现被蒙古国大量应用于各种徽章的设计中，如蒙古国国徽、各类政府公章。军徽则完全采用索音布图案。该图案具有很强的传统象征意义。

◀ 成吉思汗国际机场
◀ 停机坪
◀ 成吉思汗国际机场内冷清的接机厅

我大手一伸，招呼道："Sain baina yy（您好）。"

"你们是来学习的吗?"一个女人的声音响起。

这时我才发现，大个子旁边还有一个怀着宝宝的准妈妈。

"我们是学校的，来接你们，车在外面。"

在异乡听见母语十分亲切。准妈妈的汉语很生硬，但足够清晰，几句寒暄中，再次核对了双方信息，这时也差不多走到了机场大楼外的停车场，我们上了辆商务车，在车上进一步相互介绍的时候，发现大个子和准妈妈都叫"巴特哈斯"，两个巴特哈斯来接机，好事成双。

第一次混在人流中

为了区分二人，我暂且把大个子译为"巴特哈斯"，把准妈妈译为"巴特哈苏"。巴特哈苏在中国接受过四年汉语教育，有点汉语基础。一米六的个头，即使身怀六甲也并不显胖，柳叶细眉下生着一双丹凤眼，一笑起来，眼睛就变成了两道月牙，是标准的蒙古丽人。巴特哈斯是学校外事办公室的，英语很好，但不会说汉语，一米八几的大身板并不影响他身形动作的灵活度。略微发黄的头发衬着浅铜色的椭圆脸，加上笑起来的月牙眼，更加体现出他的憨厚特质。

离开机场半个多小时就进了乌兰巴托市区，路上的车开始多起来了。对蒙古交通的第一印象是新车少，大部分都是日韩淘汰下来的二手车①。小车中，丰田普锐斯一代和二代特别多，尤其是一代；大巴是韩国现代居多，还有许多日韩系的SUV，也多是旧车。车辆行驶的速度不算慢，而且并线基本都是靠硬挤。

---

① 蒙古街上汽车多为日韩两国淘汰输入的二手车。因日韩两国国内汽车报废处理费用较高，因此日韩大多将二手车出口给不发达国家和地区，如非洲、蒙古等。

▲ 乌兰巴托街景——成吉思汗广场西南角

▼ 蒙古师范大学前的十字路口

巴特哈苏问我们是否需要办电话卡和银行卡，我们也正有此意。车停在途经的一处闹市区，下车进入郭勒穆特银行（Golomt Bank）。外国公民持护照在蒙古的银行可以开户，前提是需办理一年的居留签证。而我们持的是一个月免签的普通公务护照，没有居留签证，所以还不能办银行卡。于是我们每人换了1000元人民币，合29.6万图格里克（简称"图"），最大面值为2万图，攥在手里瞬间有种暴富的感觉。

　　办手机卡的地方则在路对面。第一次走在乌兰巴托大道上，混在人群中，感觉很新鲜。行人不是很匆忙，衣着整洁，但穿衣风格和款式明显有别于中国，致使我和哥们儿显得十分扎眼。彼此屡屡擦肩而过的眼神已然流露出"你们是外国人"的神情。

　　我们走进一家Sky Tel营业厅。同中国移动、联通公司一样，Sky Tel是蒙古有名的通信公司之一，内部装修同中国的通信公司营业点很像。但这个营业厅由于地处繁华区（后来知道地点类似于北京的前门），所以要比普通的营业厅大一点，还有开放式柜台和手机产品展柜。

▲ Sky Tel营业厅

这里的手机卡有两种，一种预付型，一种后付型。在巴特哈苏的帮助下，我们办了后付型。蒙古手机号是8位，选号的时候发现，这里没有中国"吉利靓号"的概念，因为蒙语的"8"，与"发"的读音大相径庭，但也有对叠号的喜好，像44、55这类的号也很难找，基于"中国习惯"和"国外现实"，我选了个尾号是1698的手机号码，也算讨个好彩头。

入住"联合"

办完手机号，一行人上车继续前行，往北没走2分钟，右转后的道路左侧就出现了一处广场。嘿，成吉思汗广场！苏赫巴托像、国家宫……赫然在目。以往都是在照片上看到，这下终于见到现场版的了。虽是第一次见到实景，但并未感到十分陌生，像书信两端神交已久的笔友第一次见面一样。以往从照片和录像上看到的都是一隅，远没有此刻眼前通透的空间感。当天广场上人不多，更显得十分开阔。巴特哈斯看到我们兴奋的样子，表示会找机会专程带我们来转转，于是我们直奔酒店了。

因为刚到没有距离概念，沿和平大街（相当于北京的长安街）继续往东走了大约不到10分钟，车停在了路北侧的一处饭店，是临街联排楼房中的独立一栋，方方正正，这就是我们接下来住了20天的"联合饭店"。巴特哈苏与柜台交流了几句，告诉我们一天5万图。这时旁边一位大姐（后来认识了，知道是饭店的老板，中国华侨）用中文告诉我们，一个房间两张床。我们定了一间，402号房。交了钱，拿了钥匙，与巴特哈斯和巴特哈苏道别。

▲ 联合饭店的菜谱上蒙汉菜名兼具
◀ 联合饭店（2015年后重新装修一新）

后来知道，这是一家在乌兰巴托不大不小的饭店，但却是中国菜十分地道的一家饭店。5层的板式楼略显陈旧，但一楼的餐厅大堂却崭新敞亮。提上行李，穿过一楼餐厅大堂与服务台之间的门厅，沿右侧的楼梯拾级而上。推开房门，房间还算宽敞，相当于中国的大标准间，但木质的墙围和深色的墙纸有种将人拉回90年代的感觉，没有洗漱用品等一次性酒店用品，但开窗就能看到"长安街"。终于可以休息下了。

▲ 联合饭店西边近邻的朱可夫广场

▲ 朱可夫纪念馆

▲ 朱可夫纪念碑

在联合饭店安顿下来后，由于需要吃饭、买东西，因此我们开始走上街头，也由此开始了许多个第一次，第一次逛商店、第一次下馆子、第一次乘公交、第一次向陌生人打招呼……

第一次逛超市

联合饭店周围有好几家商店，后来发现蒙古的小超市很多，格局同中国一样，收银台跟前配一名收银员，还有几个码货的服务人员。店内主要是卖食品和一些简单的日用品。以联合饭店西面的几家超市为例，几乎所有商品都是进口的，主要来自韩国、俄罗斯，少量如奶制品、酒类、面包、油炸馃子之类的食品是当地产的。几乎看不到来自中国的食品。

▼ 韩国商品超市里整齐的货架

第一次去的就是饭店西面最近的一家名叫"Ger Bul('家庭'之意)"的生活超市，大约300平方米，主要卖韩国货。总体感觉食品价格跟中国差不多，进口类日化产品很便宜，但有些日用品，如杯子等小物件，价格明显高于中国很多，并且样式选择不多。在那买了支牙膏，祛烟渍的，合人民币不到10元，比国内便宜三分之二。

再往西200米有一家Minii（Munuu)超市，是蒙古有名的连锁超市，除了食品、日用品，还有蔬菜、水果、生肉出售，较Ger Bul大许多，也更生活化一点，人自然也多一些。

再往西600米的一个大路口（东十字路口）是一家更大的连锁超市Nomin，商品更多。

▼ Munuu超市

一趟行程，便将蒙古的超市由小到大捋了一遍。100平方米上下的私人小超市；只卖日常小物件、包装食品居多的Ger Bul；食品种类齐全、有新鲜蔬菜水果、侧重平民日常生活的Minii；售卖家电、服装等高价百货类商品，但门面较少的Nomin。

另外，在这段路上还有许多小食品店，同样做着售卖食品的生意，类似中国的小卖铺。

▲ 每月一日的禁酒令，届时超市里的酒货架被封起来

◀ 气派的Nomin超市

第一次下蒙古馆子

联合饭店自带中餐馆，厨子是从中国招过去的。从水煮鱼、宫保鸡丁、溜肉段，到韭菜鸡蛋盒子、手擀面、疙瘩汤……样样色香味俱全，吃的时候，总让人有种尚在中国的感觉。

因此，到达蒙古的第二天中午，我们决定出去，下一回蒙古馆子。出联合饭店往西，过了Minii超市后，在靠路边的住宅楼一楼有几家小饭店，类似中国的小饭店。我们走进一家牌匾上写有"buuz（包子）"的店铺（蒙语借用汉语名词"包子"，即包子铺），是一个民宅改的小饭店，里外两间屋，墙上挂了个"大头娃娃"——显像管电视，正放着印度译制片，声音开得挺大，配的音也都是蒙语。柜台旁的墙上挂着一块白板，上面用白板笔写了各种饭名。收银台和上菜口在一起，一个戴着传统厨师帽、穿白工作服的大娘站在里面打量着我们，我相信她第一时间就看出我们不是本地人。

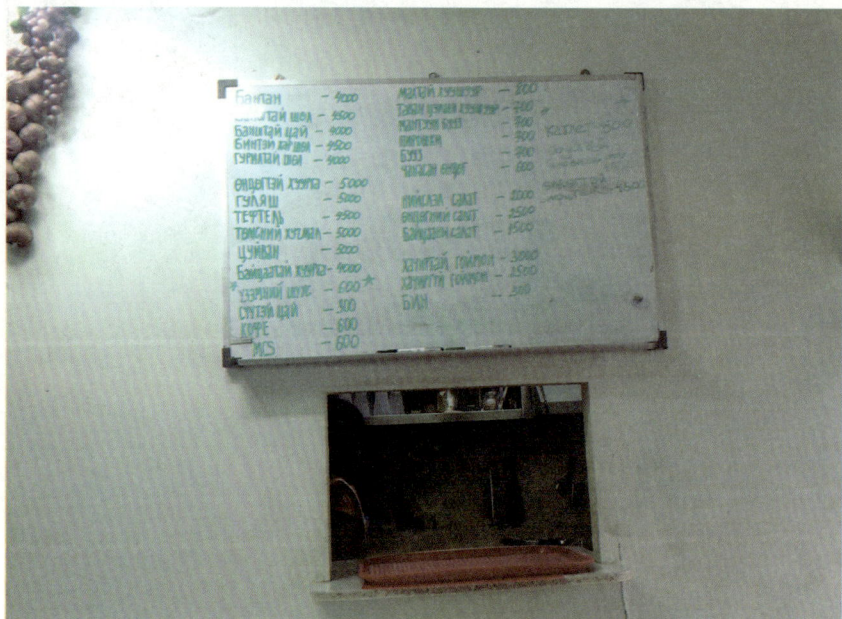

◀ 小饭店里的菜单

之所以说饭名而不是菜名是因为当时觉得这是家小店也许只有类似中餐里的hool（饭）和sol（汤）。后来才知道，蒙古饮食已经完全西化了，只用hool和sol来区分种类形式，而没有中餐的概念。我们当时瞅了半天，满眼俄文舶来词，根本不知道是些什么东西，因此每人点了3个包子，一杯奶茶。老大娘说包子要等20分钟，然后为我们倒了两杯奶茶。我们便喝着奶茶，细细打量小店。

由于不在饭点时间，店内只有一位像是老板娘的大娘在电视机对面的桌子旁，挂着下巴看电视，并不时对后厨喊两句。店里共有七张桌子，每张桌子配了四把椅子，举架不算高，墙被围上了一米多高的墙裙，蓝漆涂就，西侧有两扇塑钢扇窗，不过是掀帘式的，只能从上侧开窗。收银台上除了收银机，还有两个红的塑料篮子，一篮叉子，一篮勺子，没有筷子，旁边还摆着一大瓶进口的番茄酱和一小瓶"醋"（后来知道这根本不是醋，当地人把我们称为酱油的咸味调味剂叫"醋"），供人自取。

20分钟后，包子好了，一盘3个，由于刚出锅，还冒着热气。端到跟前细细观察，发现很像中国的烧卖，不是很大，感觉不够吃。包子皮是死面的（后来才知道发面皮的叫mantunii buuz. 即馒头包子）。用叉子叉一个，咬一口，里面的肉馅是一坨结结实实的肉团，并有大量的油汤溢出。肉馅似乎完全由肉粒团成，没有葱姜等调味辅料，肉味十足，很有嚼劲，此时再没有不够吃的想法了。3个包子，确切地说是三团肉下肚后，饱腹感顿生。奶茶味道也很好，同中国的没有什么区别。

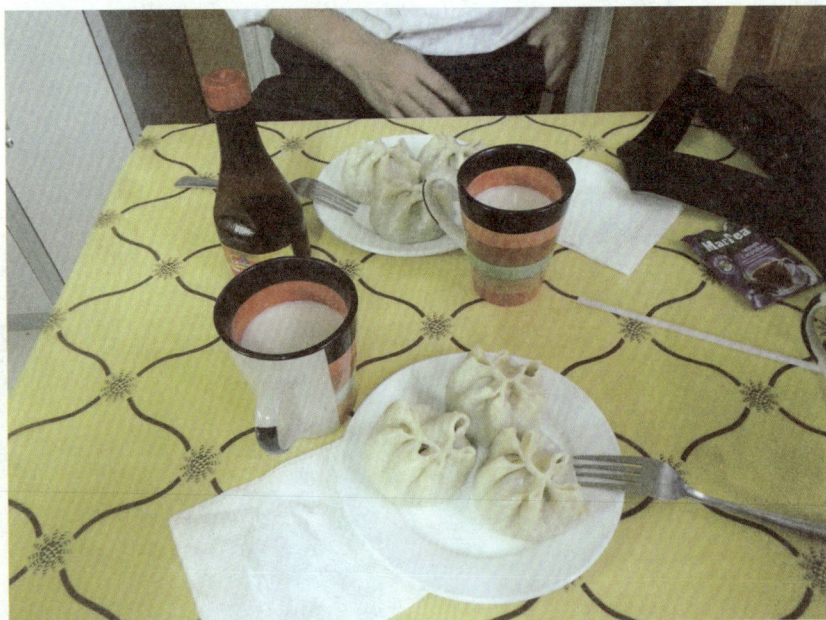

▶ 第一次下馆子，死面包子更像国内的烧卖

这顿饭一共花了4200图格里克，大约折合人民币14元，很实惠。大娘找钱的时候还对我们笑了笑，表示友好，我们也不忘表示感谢，愉快地走出小店。

"穿越"的建筑

刚到蒙古，我们希望尽快了解下周围环境，于是沿着联合饭店门口的和平大街往东走。如果把成吉思汗广场看作天安门广场的话，我们住的联合饭店所处的位置相当于东单，但这附近没有东单繁华。沿途打量着街边的建筑，多是三五层的二十世纪八九十年代的建筑风格，四平八稳，略显老旧，有的有尖顶，有的没尖顶。外部少有贴墙砖的，且大多刷着涂料，绛紫、明黄、天蓝……五颜六色，并且大多用白色勾着窗楣和檐边，加之高矮相间，错落有致，较于中国高耸入云的钢筋水泥森林，别有一番情趣。食品店、药店、医院、银行……就隐匿在这一栋栋色彩斑斓的建筑中，需通过更加炫彩的招牌加以分辨，一切让人恍如穿越到了童话故事里。

▼ 一栋二层小楼里有银行、电影院、电信服务点、商店——这样的综合体在蒙古随处可见

▲ 街边的一处手机销售中心，有茶水间，即快餐店，楼里也"兼容"着一家名为"好"的典当铺，这种典当铺乌兰巴托随处可见，是年轻人换应急钱的地方

▼ 五颜六色的房子

▲ 五颜六色、错落有致的建筑

▼ 街边餐馆

▶ 刷着新漆
的老式建筑

◀ 随处可见的
欧式建筑

▶ 成吉思汗
广场北面的
老建筑

▲ 乌兰巴托西北部老式居民楼

▼ 青年大街旁的老式居民楼

童话中一般都有城堡或教堂，就在联合饭店对面东南方向，有一座刚刚粉饰一新、金顶白墙的教堂。高高的主建筑鹤立鸡群，滚圆的欧式金色圆顶，白色的墙体一尘不染，在阳光下闪着耀眼的光。

从联合饭店的房间看下去，不远处的基督教堂金顶十分显眼

国防部旁边的军官宫

ЦЕРУУДЫН ОРДОН

时值下午工作时间，路上行人不算多，但却有很多学生，后来才知道蒙古中小学生大多只上半天课，有的上午上课，有的下午上课，学生们三三两两聚在路边、车站，聊的多半是一会儿去哪儿玩。

由于见什么都十分新奇，不知不觉间便已走了约3公里。突然发现左侧的一个大院子，坐落着一座西洋风格的大楼，属于典型的苏联风格建筑，赫然写着"国防部"三个大字。

БАТЛАН ХАМГААЛАХ ЯАМ

▲ 欧式的国防部大楼

国防部的院子很大，约300米宽，主体大楼是两层典型的博物馆式西洋建筑——灰色的墙体，白色的柱子和屋檐，两侧长方形的窗子，巨大的石柱支撑着中间隆起的屋顶，使得整座建筑物的厚重年代感油然而生。楼前的大空场上有一个大蒙古包，后来知道是接待来访贵宾的，里面收藏着蒙军传统军旗——黑纛（dào）。听说这个蒙古包是不允许女人进入的。大院西侧十字路口是一个纪念碑，主体造型是三架螺旋桨飞机拖着尾焰垂直飞向天空。标语内容是歌颂卫国者的。

后来，在乌兰巴托待久了，发现像国防部大楼这样的历史地标性建筑还有很多，正脸都装饰有粗粗的罗马柱，散发着浓重的20世纪中叶的气息。

▲ 儿童艺术中心

▲ 乌兰巴托火车站
▼ 国家图书馆

▶ 蒙古中央体育宫

▲ 蒙古国家歌舞团大楼

▼ 蒙古少年宫

第一次坐公交车

返回时，我们决定坐一回公交车，此时发现国防部正面就有一个车站，一同等车的还有几名蒙古军人，军官、准尉着常服，士兵着迷彩服。我们上了一辆1路车。蒙古的公交车一水的韩国二手大巴，前中各有一门，20世纪90年代产品。与中国大巴不同，中间门是电驱动抽拉门，有1.5米宽，可供两人同时下车，并且开关移动的速度十分快。门上只有一小块玻璃窗，虽显老旧，但似乎很结实。车厢两侧设有座椅，因为人少，车厢空间显得很开阔。

▲ 公交站候车的市民

▲ 公交总站与二手韩国大巴

▼ 进站的公交车

▲ 公交车上稀少的乘客

车上人不多，很安静，少有交谈。车内拉手上也有广告签。驾驶区全部用铝合金包裹，与乘客隔离开来。车子开得飞快，急停急走，车未停稳即开门，人未上完即发动，因此需要紧紧抓牢扶手，但仍免不了摇晃不停。司机大哥的驾驶技术一流，时间观念一流，只是这安全意识……深感公交刹车系统之精良。

▲ 27路大巴的电动门

当售票大姐如同过铁索桥般荡过来时,我们买了票,成人500图,儿童200图。车票约火柴盒大小,长方形,彩色油印,样式欧化,比较精美。蒙古的公交系统分属不同公司,车次不同,车型也各异,车票的颜色也不同,红的、蓝的、黄的……在乌兰巴托,人们从不吝惜对颜色的使用,从童话般的房子,到手中的小小车票,总是在试图突破与周围颜色的类同,只求赏心悦目。

▲ 五颜六色的公交车票
▶ "北京街"路口川流的公交车
▶ "接踵"的公交车

车上设有专门的老幼病残孕专座，一般都在下车门旁边，方便行动不便的人下车。乌兰巴托年轻人的让座意识非常强，常常刚看到老人抬脚上车，就马上有人从座位上弹起来，有时甚至同时站起来两个人。于是，有的年轻人干脆有座也不坐，毕竟横穿乌兰巴托也不是很久。

蒙苏友好纪念碑

9月7日，巴特哈斯领我们第一次去了位于乌兰巴托南面的宰桑山，见到了照片上的蒙苏友好纪念碑。这个建于1956年的纪念碑，主要是为了纪念蒙古独立及二战期间牺牲在蒙古的蒙苏战士。纪念碑为悬空环形墙结构，正面一侧为战士举旗的塑像，纪念碑中央有不灭的火焰模型，环状墙上用陶瓷砖拼成的历史场景，展现了从苏联帮助蒙古独立，到二战中帮助蒙古抵御日寇，再到帮助蒙古进行社会主义建设的过程，内容无不在歌颂蒙苏友谊。

从这里可以俯瞰整个乌兰巴托市区，图拉河托着乌兰巴托，缓缓从城市南面流过，规制相仿的高楼小区矗扎在充满年代感的低矮建筑群中，努力地将整个城市的海拔带入现代化。

▶ 蒙苏友好纪念碑

▲ 纪念碑中央的长明火

释迦牟尼大佛

　　在纪念碑山脚下不远处，有一尊释迦牟尼大佛像，来宰桑山游玩的人大多会来此转转。这是一处四周建有围墙的独立院子，很像个小公园。主体建筑是一尊高23米的释迦牟尼立身像，左右两边附属建有钟厅。佛像建于白石台上，除了蓝色发髻，通体金光闪闪，包括脚下的莲花座。白石台下是开放的，类似一处厅堂，里面供着许多小佛像和唐卡，还出售一些佛教用品，香、蜡烛、皇历小册子等。人很少，有点冷清。

▲ 斋桑山下的释迦牟尼大佛

成吉思汗广场

从宰桑山回来，我们直奔市中心的成吉思汗广场。

终于踏上了成吉思汗广场，2013年以前，这里叫苏赫巴托广场，是蒙古每逢重大节日举行仪式或庆典的地方，也常用来欢迎到访的外国元首。

▲ 成吉思汗广场全景
▼ 成吉思汗广场标志性建筑——国家宫与苏赫巴托像

站在广场北部的连排旗杆旁，环顾四周，广场大约有两个足球场大小，比我想象的要大。广场的北端是国家宫，为蒙古总统、政府、议会办公之地。面向广场的一侧采用和鄂尔多斯成吉思汗陵相似的建筑风格，但要高许多，外观为白色连排石柱，分左、中、右三处建有蓝色蒙古包顶设计，三处之间的白柱外有蓝色玻璃墙，中间蒙古包顶较两边大，并建有长长的石阶，拾级而上就是成吉思汗坐像，很雄伟，左右两侧各有一个骑马的古代将军铜像，据说分别是木华黎、者勒蔑，西东两端较小蒙古包顶下端坐的是窝阔台和忽必烈的铜像。

秋日的阳光暖暖地洒在广场的每个角落。广场中间是苏赫巴托像，和成吉思汗像遥相呼应。头戴博克帽的苏赫巴托骑在马上，侧身向北高举着右手，马蹄下的石座上记载着苏赫巴托的历史功绩，雕像四周巨大的铁环围栏上有人在小憩。

▲ 国家宫

▲ 国家宫正面的成吉思汗像

人不算多，但广场上有三五个给人照相的人，他们穿着带有号码的马甲，拿着相机在晃荡。令人吃惊的是，广场上居然有出租自行车和儿童电动车的，已经有小朋友在驱车飞驰。

　　广场的南面有一处蒙古国的零公里标志，最南端是座花园，有凉亭和整点播报的国歌纪念碑，毗邻蒙古的长安街——和平大街。路对面的The Blue Sky（蓝天大厦）很显眼，犹如巨大的蓝色风帆，当地人给它起了个外号zazuur（菜刀）。

▲ 苏赫巴托像，旗杆旁有出租儿童电动车的

▲ 成吉思汗广场南端的零公里标志

▲ 蓝天大厦

在之后一年的生活中，我无数次经过这里，常看到有许多老人聚在南端的花园里下国际象棋。花园的维护情况并不是很好，其实广场南端的市政维护都不是很好，不够注重基础设施建设的乌兰巴托随处可见裸露的土地。

МОНГОЛ УЛСЫН ТӨРИЙН ДУУЛАЛ

成吉思汗广场南端的国歌定时播放器

蒙古国歌歌词

▲ 成吉思汗广场西侧
▼ 成吉思汗广场东侧

▲ 成吉思汗广场东南角的中央大厦

▲ 中央大厦前的马可波罗像

▲ 成吉思汗广场西北角的自然历史博物馆

▼ 成吉思汗广场西南角的电报大楼

▲ 成吉思汗广场东北角的蒙古国立大学和朱可夫像

▼ 成吉思汗广场东南侧的外交部大楼

国家历史博物馆

登上国家宫的石阶，在成吉思汗像的左侧有一个门，就是蒙古国家历史博物馆的大门。由于这里地处军机重地，因此门口的警卫是蒙古军人，并且有安检设施。过了安检，顺着楼梯向下就进入到博物馆内部。博物馆内的装饰还很新，但不是很大，被隔成不同的区域。最醒目的就是有关蒙古历代汗王的画像、苏鲁锭等展品，兼有一些文物，以介绍蒙古历史为目的。

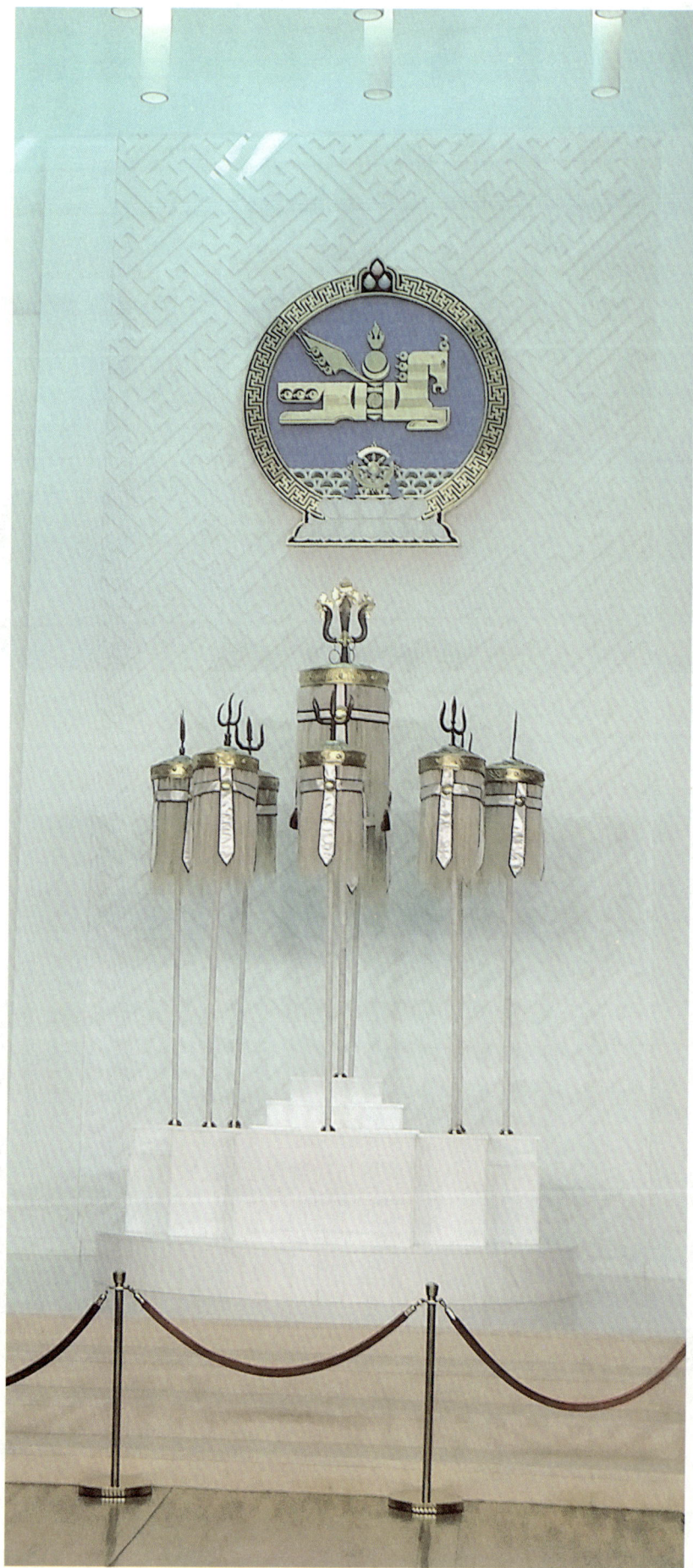

▶ 国家宫——国家历史博物馆里的九斿白纛

在乌兰巴托过中秋

　　"独在异乡为异客，每逢佳节倍思亲。"虽然刚刚出国的兴奋感还在，但中秋是举家团圆的日子，到了这天，思乡之情还是油然而生。蒙古有关中秋节的痕迹仅限在个别超市有月饼出售，数量2~3个，也没看见有人买。我们可能是附近对月饼最有刚需的人了。转了转楼下的几家超市，终于买到了一个不知道放了多久的月饼，两指厚，饼上的花纹和中国的传统月饼差不多，但拿在手里感觉像端个大盘子，咬一口，杠杠硬，居然没有馅，整个就是一个加厚版烤脆馕，瞬间开始怀念起以往需要就清茶才能勉强吃上四分之一块的中国月饼了。思乡之情更为甚之，并由此预感到，今后可能还会遇到许多的不适应，坚定中开始翻滚起些许忐忑。为平复心绪，我们决定晚上在联合饭店一楼吃顿中餐。点餐的时候还特意点了韭菜鸡蛋馅盒子，并且将两个半圆的韭菜鸡蛋盒子放在盘子里，拼了个满月的造型。

▲ 韭菜盒子拼的"团圆"
▶ 中秋，只有地道的中餐才能一解思乡之愁

初次踏入大学

9月8日，是正装走进大学第一教学楼的第一天。这栋教学楼是一幢典型的俄式建筑，我们的教室在二楼。当天，见到了导师宝音图，一个典型的蒙古大汉。1米8的大个子，略胖，眼睛很小，笑起来眯成一道缝。宝老师很和蔼，伴着沙哑嗓音倾入耳中的问候和嘱咐，使得他在最短时间内拉近了师生之间的关系，彼此良好的第一印象对全年的学业进程助益不少。开始期待明天正式开课。

乌兰老师

9月9日，课程正式开始。我们的第一位任课老师是乌兰。她本来是法语老师，根据学校的课程安排，负责我们的语言恢复性授课，同时兼任半个生活老师，引导我们熟悉当地社会环境。

乌兰个子不高，是典型的蒙古美女，胖墩墩的，眉眼十分清秀，十分爱打扮，穿衣很讲究，这与她的留学经历有直接关系。

她曾在俄罗斯留学1年，又在法国留学3年。

她的丈夫在私人企业工作，还有一个6岁的女儿。有一次我们请她们全家吃饭，发现小姑娘很安静、认生。

在此后的留学生活中，我们受到了她许多的照顾。通过她，我们打听了许多和蒙古百姓生活有关的事情。开始的时候，为了让我们适应，她说话总是很慢，吐字也十分清晰。同时乌兰老师也十分聪明，很快适应了我们的用词习惯，总是能第一时间准确理解我们要表达的意思，并逐步成了我们的翻译。

还有个小细节，就是她喜欢在上课前或休息间隙吃点东西，比如羊奶块、糖什么的。

国家大百货商店

　　蒙古国家大百货商店，是乌兰巴托最大最全的商店。各种商品一应俱全。

　　国家大百货商店的大楼烙着典型的二十世纪五六十年代印记，环绕四周的现代商业广告画表明其仍在"服役"。起初看见大楼的整体造型时，觉得十分眼熟，后来才知道原来是我们国家援建的，根据北京王府井百货大楼1∶1翻建而成，顿生莫名的亲近感，这里也由此成为我们日后生活用品的一个重要采购点。另外，同一时期中国还援建了和平桥和巴彦郭勒大酒店，至今仍是乌兰巴托的地标建筑。

▲ 国家大百货商店，是不是和北京王府井百货大楼一模一样？中国援建的

▲ 中国援建的地处主干道上的和平桥

◀ 同样是中国援建的巴彦郭勒大酒店

大楼内部经过现代化改造。中心的大天井处安装了上下滚梯，天井下方的小广场常常举办展销活动。一至五楼卖各类商品，与中国一样。六楼的纪念品商店最有特色，出售各种旅游商品，除了银碗、皮画、民族娃娃、摆件等常规商品，还有中国罕见的动物毛皮制品、逼真的将军人偶模型、大量的古代人物油画……种类繁多。有些东西似曾相识，却又富含新意，让人爱不释手。

六楼还有一个书店，图书种类较全，书店门口还摆放着一架三角钢琴。七楼是餐厅，出售各类快餐食品，价格略贵，就餐的人也不多，但地处顶层，能俯瞰大约半个乌兰巴托，因此就餐环境不错。

总体感觉，这里的进口商品居多，跟中国比价钱差不多，只是在当地不算便宜。

▲ 大楼里的天井
▼ 顶层书店门口的三角钢琴

▲ 富有民族特色的工艺品

▼ 公开售卖的狼皮！

▲ 百货大楼南面的广场是年轻人聚集"比舞"的地方

▼ 从百货大楼屋顶餐厅俯瞰市内

和车有关的人和事

乌兰巴托司机开车出奇地"虎"，转向灯似乎是多余的配置，几乎不用，强行变道的现象比比皆是。所有的司机似乎都习惯两辆车紧贴着前行。有时两辆公交车的反光镜能够像拉链上的合齿一样，一前一后重叠在一条线上，将两辆公交车之间的距离拉到最小，并保持相对静止的状态向前飞驰，这在国内是要打架的节奏。此后也了解到，和平大街每到上下班时间必堵，交警的交通指挥棒存在的意义也不大。

但是这里的交通有一点明显好于国内，就是汽车在经过斑马线时，特别是冬天，总是离很远就开始减速，刹车距离有近20米。礼让过街行人是一种全民意识，更是一种约定俗成的安全习惯。

▲ 乌兰巴托街头

▲ 技术学院路口

▼ 蒙古大街上拥挤的车流

乌兰巴托的大街上，跑着一些不知道什么时候生产的日本老爷车，跑起来"突突突"直叫唤，想必维修一定很不方便。但街上最有特色的是一些老式苏联车，其中有一种绿皮面包车，圆圆的大灯，底盘很高，很像在方面包下安了四个轮子，复古气息浓厚，能够将人的思绪迅速拉回到二十世纪六七十年代。

　　老旧车多，维修的频率就高，因此乌兰巴托的汽车维修店就有很多。奇怪的是，这些小维修店的招牌上几乎清一色写着"Bietnam（越南）"。打听后才知道，当地人迷信越南来的工人钣金刷得平，因此都标榜自己店里有越南师傅，所以才用"越南"做招牌。后来待久了就慢慢感觉到，其实还是费用因素，因为这样的招牌其实还表示"质优价廉"的意思，其中价廉是关键。

　　既然老旧车多，维修便宜，因此在乌兰巴托普通的交通剐蹭事故中，几乎都是车主自行协商赔付解决。有一次在楼下看到一辆车倒车时刮到了旁边的车，两个车主下车看了看，见只是刮出个印，三两句话，倒车司机掏出一万图，两个人就各上各车，扬长而去，前后不到一分钟。

▲ 街上的二手车

▶ 汽车修理店的招牌

▲ 汽车暂扣点

◀ 加油站里的豪车与老爷车

和吃有关的事

在我们的印象中，蒙古族由于游牧性质的生活方式，以牛羊肉为食，在乌兰巴托也确实如此，牛羊肉，主要是羊肉，是这里的主食。但令我们感到吃惊的是，虽然主食没变，但除了面条、馅饼几种传统饮食外，漠北饮食从饭名、餐具，到制作方式已经高度俄化，遍布街道的饭店、学校的食堂、普通百姓家中已经看不到筷子，满是俄文饭名的菜单让初到乌兰巴托的人一头雾水。菜饭一体，盛在一个盘中，一把叉子。吃大块肉时再加一把刀，配上一碗汤或茶，这就是一顿日常餐。"候休日"（东北盒子式肉馅饼）、"巴达呼勒格"（炒米饭）等，是几种传统饭名，更多的是"斯尼策里"（炸肉饼配土豆泥）、"铁夫特里"（掺大米粒的大肉丸）、"古靓什"（小块炖羊肉或牛肉）等俄文饭名。有一种叫"比拉斯克"的俄式馅饼很有特点，厚厚的发面皮，包上肉、胡萝卜、圆白菜做的馅，用油炸熟。它和"候休日"的地位相当于国内的煎饼馃子，是边走边吃一族的首选。

▲ 普通饭店和快餐店里的招牌，满篇的俄文饭名

▲ "比拉斯克"（左上）、"候休日"（中上）、"巴达呼勒格"（中）

▲ "奋头子"（就是汉语中的"粉条子"）

▲ "呼勒格"（炒意大利面片）

▲ "斯尼策里"

▲ "铁夫特里"

067

辛苦的交警

　　由于住在和平大街沿线，因此经常能看到十字路口疏导拥堵交通的乌兰巴托交通警察。在蒙古当交警十分辛苦，工资很低，除了制服、帽子，许多装备还需要自己额外添置。特别是在漫长的寒冬，雪碴子像刀片一样借助旋风反复打磨着冰硬的路面，穿着普通的矮帮鞋几乎无法上街，因此交警的皮靴都十分地厚实。

　　他们一般站在十字路口的中央，靠手中红白或其他颜色相间的交通棒来指挥交通。有趣的是，几乎所有的交警都会耍弄手里的交通棒。交通棒的尾端有个绳套，套在手腕上，需要引导行车方向时，交警便手握交通棒，伸直手臂，顺势向下抖下手腕，交通棒围绕尾端的绳套在交警的腕部转一圈，当再次向前经过手掌时，交警顺势抓住，由此不断重复上述动作，感觉就像闪烁的箭头。不知道是制式动作，还是他们发明的解闷游戏。

▶ 带着夏季白色鸭舌帽的交警
▼ 蒙古交警

甘丹寺

甘丹寺位于乌兰巴托市中心，建于1809年，是蒙古最大的寺庙。乌兰巴托甘丹寺与我们西藏拉萨格鲁派主庭甘丹寺同名，但要晚500年。"甘丹"意为"兜率天"，即弥勒成佛前所住之地。甘丹寺由第四世哲布尊丹巴所建，为专修高等经典之处，寺内庙宇众多，兼具汉藏风格。乌兰巴托市的前身大库伦就是在甘丹寺的基础上逐渐发展成为城镇的。

9月13日，第一次去甘丹寺。由于路不熟，我们是从东门进去的，后来知道南门

才是正门。

　　甘丹寺的正门是个典型的中式三进牌楼，不是很高。进入正门，东侧是个独立的院落，院门口左右两边有大转经轮。进入院子，院内的建筑样式充满中国元素——木质结构，雕梁画栋。北端的建筑是典型的中式庙宇，东侧的两个殿里喇嘛正在诵经，不许人进入。最东端是个求经的地方，屋内大长柜台旁许多人在排队。信徒只要按价交钱，寺里就可以安排时间由喇嘛诵经，目的多为消灾保平安。几个办事的喇嘛正在收钱登记，还有喇嘛在卖香，很是繁忙。

甘丹寺

▲ 甘丹寺内的中轴线

▼ 甘丹寺正门内东侧的独立院落

走出东院，中央马路的西侧正在兴建一幢新的庙堂。沿中央马路向北，就是甘丹寺的主殿——措钦大殿——白色藏式高层建筑。内庭就是28米高的弥勒大佛。东西北三面墙上整齐嵌着一排排的小佛龛，有的贴有供奉者的姓名，有的旁边还放着小面额的图格里克。靠近大佛一侧是一圈转经筒。游客和信徒可以顺时针一边用右手转动经筒，一边环视整个大殿，绕着大佛转一圈。萦绕大殿的佛香，已经深深浸染了大殿内的一切，香案、烛台、佛龛、梁柱……一次深呼吸，就能闻到历史的久远气息。

▲ 甘丹寺措钦大殿

寺内最引人瞩目的就是措钦大殿里的铜铸大佛了。据说，原来的大佛是博格多汗1911年修建的，但在二战期间，大佛被运到苏联的彼得格勒（圣彼得堡）熔化做了子弹。现在这尊弥勒大佛是用日本和尼泊尔的捐款于1996年铸造而成，佛高28米，重20吨，全身镀金，镶嵌大量宝石，中空的内部装有27吨药草、334卷佛经、200万件祷文。大佛气势雄伟，富丽堂皇，是蒙古的国宝。

措钦大殿外面四周建有一圈白塔，刚刚粉饰一新，大小相近，装饰各异。措钦大殿前的广场上聚集着许多等待投喂的鸽子，还有人在兜售饵料。广场东南角矗立着一根近十米高的木头柱子，据说是许愿用的。人们围在四周，用手触摸着柱子，嘴里振振有词。广场西侧有一个二层楼的四合院，黄墙白边，门口牌子上写着"蒙古佛教中心"。再往西是喇嘛学经的扎仓。广场东侧是四栋厅堂式独立建筑，是喇嘛日常念经和信徒听经的地方。有的是亭式屋顶，有的四周有一圈玻璃窗，有的就像四边形的大蒙古包。

▲ 甘丹寺里自由闲逸的鸽子
▶ 高高的祈祷杆子

▲ 大殿西侧的蒙古佛教中心

▼ 最西端的扎仓

▲ 大殿广场东侧的大厅堂
▼ 大殿西南建设中的新庙堂

整体感觉甘丹寺院子很大，但香火不旺，远没有中国寺庙人山人海的感觉，也许是总体人口本身就少的缘故。

　　甘丹寺正门外是花园式甬路，东西两侧有许多售卖佛教用品的商店，佛像、香炉、念珠……一个挨着一个，一应俱全，大多商品都是从中国进口的。东西两排建筑中有个叫"黄宫"的楼里，有喇嘛收费替人现场念经做法事。在楼内两间50多平方米的屋里，喇嘛三面靠墙而坐，每人面前一张小桌子，上面放着各种佛教法器，小桌对面是一条勉强可以坐两个人的长条板凳，有需要的人说明来意，交过费，双手合十坐在长条板凳上，喇嘛便开始挥动法器，低声念起听不懂的经文或咒语。我想，坐在长条板凳上的人应该十分虔诚吧。

▲ 甘丹寺正门外花园式甬路，右侧是"黄宫"

乔迁新居

9月27日，终于迁入新居。巴彦朱尔赫区第13居民区12号楼2单元8楼，在摔跤馆的南面，地点位置相当于北京王府井对面的东交民巷。

乌兰巴托的居民区大多建于二十世纪八九十年代，规整的火柴盒式板楼，略显老旧，没有围墙，几乎都是开放式的，出了楼门口就是马路。乌兰巴托东西向的房子很多，目的在于努力规避北向的房间，因为这里的北风比中国的更加凛冽。

▲ 新居——标准的蒙古居民区

我们租住的这栋房子是20世纪模板型的九层居民楼，在乌兰巴托还可以找到许多和它一模一样的"兄弟姐妹"。楼道里一层四户，除了电梯，还有一个垃圾道，开口向上的掀门是用纯铁打制的，很沉。屋内格局为二室一厅，但是当地称呼这种格局的房子为"三室"，另外还有独立的卫生间、浴室和厨房。蒙古的居民区24小时供应热水，比自来水的价格稍微贵一点，因此几乎家家都装有大浴缸。我们那间屋子的整体装修风格具有明显的欧式风情，墙纸是暗色欧式花纹，地上虽然不是地板，但铺着地板花纹的地板革，然后在厅堂中间和走廊过道上铺着地毯。发着黄光的水晶吊灯配着厚重花边的窗帘，想必原先住在这儿的房主一家应该是十分喜欢喝下午茶的。

　　厨房里没有煤气，取而代之的是中国少见的电灶台，样子很像稍大点的滚筒洗衣机。上面有四个加热灶位，下面是烤箱。由于蒙古家庭很少做爆炒类菜肴，多是蒸煮，因此厨房里没有吸油烟机。屋子里还有冰箱、彩电、Wi-Fi，但却没有空调，因为这里的夏天晚上是要盖薄棉被的。

　　这就是要生活一年的地方。

新居楼下的幼儿园

新居楼下的操场

新居楼下的中学

毗邻的居民区和远处的博格多山

老师领我们逛大街

　　乌兰老师对我们很热情，知道我们刚到乌兰巴托人生地不熟，就主动带我们购置生活用品。十三区的Sunday是当地人购买日常用品的地方，很像中国的日用轻工市场，旁边有个Narantuya是典型的廉价品大集市。巴彦朱尔赫百货大楼名字响亮，但远比旁边的Sunday轻工市场和Nomin超市小，也很冷清。楼虽然是新装修好的，但可能是摊位费太贵，商户很少，许多摊位还是空置的。

　　当天我们买了电饭锅、菜板、碗筷等日用品，几乎全是中国产的，但性价比远不及国内，并且可选择的空间十分有限。

蒙古国家博物馆

　　成吉思汗广场西侧就是蒙古国家博物馆。据介绍，该博物馆始建于1924年，历经数次更名与改造，是目前蒙古国最著名的博物馆。博物馆建筑主体方方正正，上半部突出的装饰围墙虽然经过重新粉刷，但也难掩整体建筑的沧桑感。博物馆门前的雕像很有特点，水泥大框内压着一个半跪的铜人，似乎要挣脱外侧的框架，架上写着"蒙古是没有死刑的国家"。

▼ 国家博物馆

▲ 国家博物馆前的雕塑

博物馆展览内容主要涉及蒙古民族的文化和历史，一层展区主要介绍从人类起源到蒙古部族兴起前的历史及文物，有许多石器时代的雕刻和岩画，还介绍了蒙古高原上先后出现的匈奴、鲜卑、柔然、契丹、突厥政权的历史及文物。

二层主要展出的是蒙古各部族的服饰，值得一提的是蒙古民族服饰很有特点，看似差不多，但其实部族不同，服饰各异，重点体现在帽子和佩饰上。科尔沁部女装的下弯牛角状头饰、土尔扈特部女装的瓜皮帽、布里亚特部服装胸前宽宽的彩色纹饰……无不凸显着蒙古族服饰的多样与华美。

由此引申出一个很有趣的事情。在中国，我们把蒙古各部兄弟姐妹作为一个整体看待，统称为蒙古族，身份证上民族信息也统一显示为蒙古族。但蒙古国却硬是把蒙古族百姓按部族划分开来，身份证上显示的民族信息是各部的名称。

三楼主要介绍从蒙古各部兴起到近现代蒙古国的历史，其中重点讲述了成吉思汗统一蒙古各部及其后世开疆扩土建立横跨欧亚的大蒙古国，直至元朝期间的历史。有关明清及其独立期间的历史介绍得很少，另外还介绍了其独立后对外交往情况。

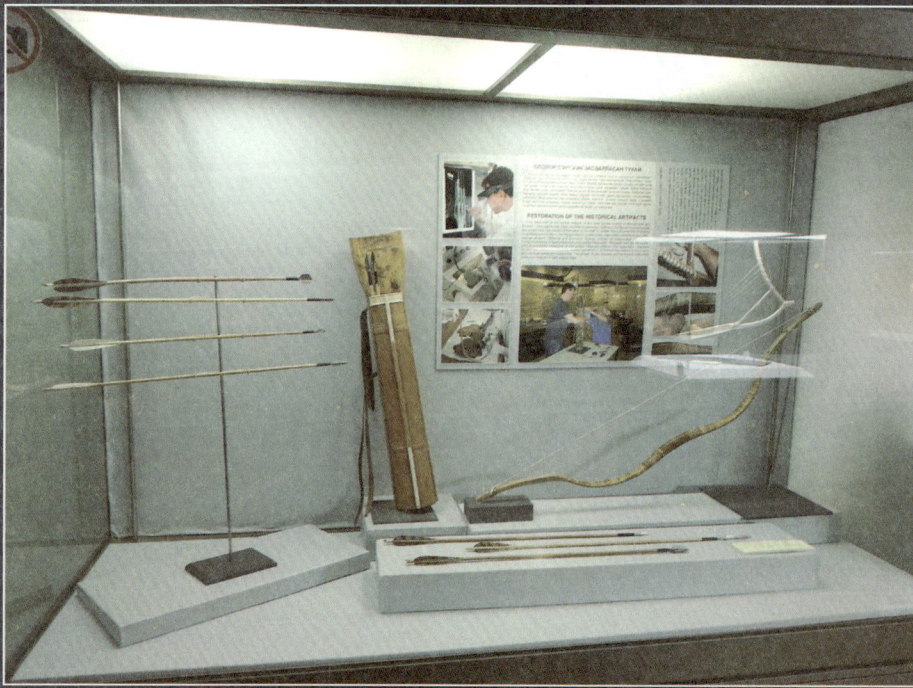

博格多汗宫

　　从成吉思汗广场向南坐两站公交车，就是博格多汗宫。整体建筑群落完全为中式建筑风格，就是中国的寺庙院落。正门、门前的大牌坊和照壁在中方的援助下已经修缮一新，相比之下，其他殿舍更显破旧。三进的院落十分冷清。可能是供哲布尊丹巴居住和办公之用，三进主殿比常规寺庙中轴线上的主殿要低很多，更像是地主家的大瓦房，但主殿上多出的亭式阁楼很有特点。现在，殿内的设施不复存在，只陈设一些单调的小展品，多为铜制小佛像，大小不一，形制各异，应该是官方从各处收集来的。

　　比较扎眼的是院落东侧的二层俄式小楼，白色的外墙，欧式的窗楣。据说这里是八世哲布尊丹巴的冬暖楼，现在成博物馆了。里面展出的是八世哲布尊丹巴的用品，雪豹金帐、俄式马车、俄式家具……看来八世哲布尊丹巴的生活深受俄国文化影响。

▲ 博格多汗的俄式小楼

◀ 博格多汗宫正门

◀ 博格多汗宫主殿

学海无涯苦作舟
——乘车、上课、晚饭、写作业

开课了，早上乘公交上学，傍晚放学买菜做饭，下午和晚上写作业。乌兰老师留的作业很多，每天都写到很晚，仿佛回到中学时代。

办银行卡

除了蒙古央行——蒙古银行外，蒙古还有三家最大的商业银行，分别是Haan、Has、Golomt。三家银行都设有网点，其中，网点最多的银行是Haan银行。离我们住处最近的东十字路口是个繁华之地，原本打算把钱存在Haan，但是开户手续实在麻烦，业务员不知道是业务不熟，还是有意刁难，一会儿要学校证明，一会儿要担保人，准备好后往返两次都还是莫名其妙被拒绝了。我们便拿着材料到马路对面的Has银行开户，十分顺利。我们每人开了三个户，分别是人民币、美金、蒙图。

蒙古银行的利率很高，同时放贷的利息也高，形同高利贷。受经济发展所困，蒙古百姓的工资水平不高，存款率也不是很高，个人贷款更是困难，恶性循环下，蒙古的经济明显缺乏活力。

▲ 蒙古央行——蒙古银行
▼ 可汗银行

▼ 气派的Has银行

▲ 巴彦朱尔赫中心市场

巴彦朱尔赫中心市场

我们公寓地处巴彦朱尔赫区，在乌兰巴托的位置相当于北京的东城区。这里有一个远近闻名的大市场——巴彦朱尔赫中心市场，紧挨和平大街的南侧，售卖各类食品与日用品，与周边民众生活息息相关。市场共有三层，地上两层，地下一层。

其中，地上二层主要卖衣服、化妆品，还有一家美发店和佛教用品店，这里的服装店铺一间挨着一间，类似中国的零售市场，衣服大多来自中国，价格便宜，款式也几乎同步，但要稍贵一点，款式上也明显有当地的流行标准。

地下一层卖粮副食品，包括粮油、糖果和蔬菜。蒙古的大米主要来自中国，面粉、油和糖果或为自产，或为俄罗斯进口。当地人酷爱吃糖，因此糖果摊位的数量与粮油、蔬菜三分天下。有趣的是，这层的蔬菜是专指耐储存蔬菜，主要包括土豆、圆白菜（当地人称之为"俄罗斯白菜"）、胡萝卜和圆葱等。而黄瓜、西红柿、青椒以及各类绿叶菜等不耐储存蔬菜，在地上一层的水果摊位，和水果一起售卖。

▲ 开阔的鲜肉区

　　地上一层是与我们关系最大的地方，主要售卖鲜肉、奶制品、水果和日用百货，是我们每隔一两天必须光顾的地方。自古以来漠北就以游牧为主，因此民众主要食用牛羊肉，存栏数量大，价格比中国便宜一半多。一层南边一半近500平方米的区域都是牛羊肉摊位，肉品的定价不是像中国按肉的部位销售，而是按"有骨"和"无骨"进行区分，价格相差大约三分之一。一般一千克有骨羊肉6千图左右，有骨牛肉1万图左右。买肉时，顾客可以指挥商家帮着择选，但绝对不可以自己用手碰肉，当地人认为，刚分割好的肉是干净的，不需清洗就可烹制，直接入口的东西当然不能让人随便用手抓。后来的野炊经历也证明了当地人对商家保持肉品洁净度的信任。

　　紧挨肉类北侧的区域是水果、面包、蛋类和冷冻食品区域，各占一条通道。东侧通道是水果摊位，各种水果和绿叶蔬菜种类齐全，绝大部分来自中国。水果摊位对面是散装糖果摊位，与地下一层糖果摊位不同的是，这里售卖的糖果是纯散装的，分装在玻璃

▲ 散装糖果摊和水果鲜蔬摊

格子里，论斤称重，没有任何包装，一目了然。中间通道的东侧是卖面包的摊位。当地人的主食结构受俄罗斯影响，以面包为主，辅以米饭、面条等，这里的主食面包大多是橄榄形的俄式列巴。相比中国的面包类食品，这里的面包和蛋糕制品几乎不含糖和奶，硬度偏高。后来吃习惯了发现，这种不含糖奶的面包没有糖奶的甜腻来干扰菜汤的原香，才更适合做主食。除了面包摊位，还有一个售卖馃子的摊位，隔着玻璃窗都能闻到各式传统炸馃子的香味。中间通道的西侧是鲜奶摊位，售卖塑料包装的鲜奶和酸奶。有一种袋装的当地产鲜奶，不是烫封而是用塑料绳扎封的，很有特色。西侧通道是售卖冷冻食品和鲜蛋的摊位，冷冻食品主要包括鱼类、包子和猪肉，这儿的鲜蛋是论个卖的，平均200图左右一个。

▲ 馃子摊位

　　再往北的一个过道区域是传统奶制品区域，常年散发着迷人的奶香。鲜奶油、酸奶干、奶豆腐等传统奶食一应俱全，按斤称重。这里的奶油十分新鲜，蘸着面包吃醇香异常，在当地虽不算廉价品，但也比中国要便宜很多。

　　再往北是日用百货区，锅碗瓢盆、肥皂纸抽、电话铅笔……几乎都来自中国。

　　整个市场西面有两个门，南面有一个门，邻近鲜肉区的南边两道门中间时有磨刀匠替商户磨刀，还时有出租家用体重器的老人。后来，我经常在门口一位满头白发的老大娘那称体重，只要她人在，我就称一次，一次200图。因为大娘很和蔼，让人愿意亲近。

▲ 奶制品区

乌兰巴托不卖伞

　　漠北的云都骑着奔马，来去匆匆，因此乌兰巴托几乎没有连绵的阴雨天。雨随云来，云伴风走，天气经常是一小时一变，刚刚乌云遍布，一会儿又艳阳高照，因此即使下雨也是雨过天就晴。加之漠北属于典型的大陆性气候，夏季里本来就雨水稀少，难得天降甘露，当然要抓紧时间用身体好好体会。因此当地人没有下雨打伞的习惯，似乎淋着才惬意、畅快，才是最好的享受。

▲ 乌云密布的乌兰巴托

▲ 不打伞的人们

蒙古国家歌剧院里第一次细品芭蕾

　　10月11日，借中蒙建交65周年庆祝活动的东风，有幸去国家歌剧院看了一场芭蕾舞表演。没想到生平第一次完整地看一场芭蕾舞剧居然是在蒙古，并且是鼎鼎有名的柴可夫斯基的《天鹅湖》。

　　蒙古国家歌剧院坐落在成吉思汗广场东侧，北起第一座建筑为蒙古中央文化宫，第二座就是国家歌剧院，始建于1927年，是蒙古第一座歌剧院，老百姓一般叫"绿圆顶"，至1963年5月10日更名为现名，5天后的15日就上演了柴可夫斯基的歌剧。

　　蒙古国家歌剧院是典型的欧式建筑，高阶上是大柱子，有点像雅典的神庙。走进正门，右手是存大衣的地方，左手是卖饮料的地方，冷热饮都有，但品种有限。剧院地上两层是看台，地下一层是洗手间，两侧走廊挂满画。观众席呈半圈形，一层和二层中央是普通座位，两侧是包厢，每个包厢都有独立的门通向走廊。走进大厅，感觉不是很大，全场500个座位。一楼306个普通席，90个包厢席，二楼104个普通席。从建筑规模到幕布陈设，再到座席安排，典型的西洋格调，浓重的古典气息，不禁让人产生莫名的仪式感。找到位置坐下来，还未开始就被气氛感染了。

▼ 国家歌剧院

▲ 蒙古国家歌剧院内景

　　柴可夫斯基的芭蕾舞剧《天鹅湖》闻名遐迩，之前做了些功课，对剧情有所了解。个人认为，看点集中在四小天鹅、黑天鹅的32圈、女主角分饰白黑两天鹅以及舞剧的结局上。

　　芭蕾舞剧是没有对白的，因此评判的标准就在演员的表现力是否到位，能否准确地演绎出剧本跌宕起伏的情节，让第一次观看的观众看懂。

　　第一次看芭蕾舞剧，没什么经验，也不敢评价。但应该说演员是十分敬业的。

　　蒙古的芭蕾舞演员得教于芭蕾大国——俄罗斯，个人感觉演员们的欧范十足，即使不了解剧情，也可以从他们精湛的表演中体味到剧情的细节，毕竟艺术是无国界的。仔细观察演员们的动作，一丝不苟，十分投入。以前的我，品味不出芭蕾有什么美，也从未细细品味过，总感觉足尖上几个固定动作常常让人联想到刚会走路的小鸡，有些滑稽，并将这种难以接受的感觉归咎于文化差异。然而此次，有机会使我正襟危坐、身临其境地来认真感受这门来自西方的古典艺术，我感受到了演员对角色、动作的投入，也感受到了他们亦深深陶醉于这种美当中。我也是生平第一次被这种美所感染，艺术真的是没有国界的！

　　全剧四幕，中场有十分钟的休息。蒙版《天鹅湖》结局选择了王子齐格弗里德战胜大魔头罗特巴特，使白天鹅奥杰塔恢复人身并双宿双飞。看来蒙古人民也喜欢大团圆结局。提一下，该剧还有另一个悲剧结局，奥杰塔为救齐格弗里德，与他一同葬身湖底。

走出国家歌剧院时，已是华灯初上，夜幕下的成吉思汗广场和国家宫在霓虹灯的装点下别有一番风味。

中央文化宫的民族歌舞表演

11日刚看完芭蕾舞剧，12日就来到与国家歌剧院毗邻的中央文化宫看地道的蒙古歌舞表演。演出方是蒙古国内有名的"Tumen eh"民族歌舞团。

中央文化宫比国家歌剧院大一倍，白色，外观有点像大会堂，一圈石柱呈叶片状，有点近现代气息。拾级而上，步入大门，果然同现下的电影剧院差不多，上下两层，没有包厢，但厕所还是在地下。

▼ 成吉思汗广场东侧毗邻坐落的中央文化宫和国家歌剧院

▲ 中央文化宫

　　既然是民族歌舞，演出服当然是一水的蒙古服饰，十分华丽。主持人先介绍了几位主要歌唱家，每个人都有一长串头衔，其中一位年纪稍长的女歌唱家居然是已退休的国家功勋级演员。

　　演出形式同中国差不多，主要是唱歌，中间穿插一段舞蹈或乐队独奏。纵观整场演出，有几处令人印象深刻。

　　首先是衣着华丽。除了乐队和群舞演员，所有人的衣服包括帽子，甚至颜色，没有重样的。即使是乐队和群舞演员的服装也是缀满装饰，让人真切地感受到蒙古服饰的多样和华美。

　　其次是舞蹈节奏欢快。印象中的蒙古族舞蹈柔情见长，大开大放，缓慢端庄。但此次演出中的四场舞蹈均十分欢快。抖肩、踮脚、转身，特别是舞蹈《走马》的男女演员翻手腕功夫十分了得，节奏感很强，翻来覆去，特点鲜明。

　　再是乐队给力。两个女扬琴手、一个女二胡、一个女胡琴、一个女古筝、三把马头琴、一把笛子、两个类似箫的吹奏乐器、一个类似大提琴的大马头琴。所有歌全部为乐队现场伴奏，还独奏了两曲，其中一曲还是首演。曲子风格带着地道的蒙古特色，但由于对乐器声音的熟悉度不够，闭目听来更像是国乐。

另外，歌曲多样。长调、呼麦、花腔……各种唱法，表现爱情、山水、四季……有叙事，有赞美。每个歌手都有自己的风格，多样展现，绝没有换人不换调的那种令人腻烦现象。

这里需要提及一个现象，就是蒙古人的剧院文化。初步感觉到，其受俄罗斯文化影响，蒙古的剧院氛围浓重，几乎每天都有演出，隔段时间就会换节目，且上座率很高。来歌剧院看演出的观众也都是衣着得体、多有修饰，略显隆重，仪式感很强，犹如参加正式社交，绝无随意现象。观众人群以中老年人为主，大多在四五十岁，还时常看到白发苍苍的老大爷挽着银丝满头的老奶奶，穿着庄重但款式略显过时的正装，步履蹒跚地来看剧。相反，年轻人来看剧的就很少。总体感觉苏俄遗风犹存。

在乌兰巴托音乐厅听音乐

作为中蒙建交65周年系列庆祝活动之一，10月13日，中方使馆文化处通过驻蒙文化中心邀请蒙古国管乐乐团在乌兰巴托音乐厅举办了一场音乐会，蒙古国音乐舞蹈学院民乐队也参加了演出。蒙古国文化体育旅游部长奥云格日勒应邀参加，演出的曲目中蒙兼有。

乌兰巴托音乐厅在著名的成吉思汗酒店西侧，敦德河对面，是一座红色门面嵌有白色雕花的建筑。内部新整修过，舞台虽不是很大，但中间居然有T台和台阶，可以上下。当天蒙古电视台MNB进行了现场直播，我们则坐在中部前两排观看，确切地说是收听最好的位置。

▲ 贯穿乌兰巴托的敦德河

▼ 乌兰巴托音乐厅

▲ 乌兰巴托音乐厅内的舞台

　　蒙古管乐团中除了扬琴、胡琴、二胡、马头琴等我们熟识的乐器外，还有一样非常特殊的乐器就是牛角号，其原理和笛子差不多，牛角壁上有气孔，通过按放不同的气孔，发出不同的声响，吹的时候口向下，声音有点像萨克斯。

　　蒙古国管乐团和音乐舞蹈学院民乐队共演奏了12首曲子，其中穿插了一支独舞《蒙古女性》。一个很年轻的女舞蹈演员，在一米宽的T台前端，单靠手臂和上身的动作，几乎原地不动地跳了一支舞，柔美大方。还有一首二胡领奏《赛马》，女演员巴雅尔正在北京音乐学院进修博士。另外，女演员斯日其玛还用汉语演唱了一段《美丽的草原我的家》，文化艺术的交融和共通性流露无遗。

　　中途管乐乐团和音乐舞蹈学院民乐团进行了换场，三十多位学员全部出席，女生的二胡方阵和男生的牛角号方阵是最主要的声源。学员都是在校大学生，十分敬业，毕竟选择音乐这条路，兴趣是必不可少的。

　　总体感觉蒙古国管乐乐团和音乐舞蹈学院民乐队的演出很成功，特别是由巴图额尔德尼谱曲的《匈奴史诗》很磅礴，能够使人联想到广漠的戈壁和一望无垠的草原。指挥冈巴特表演得很卖力，动作幅度很大，以至于在中途介绍曲目时声音都有些喘。

终于看到中国的演出了

10月16日，安徽省歌舞团来蒙演出，以庆祝中蒙建交65周年。主办方为中国驻乌兰巴托大使馆和蒙古文化体育旅游部，乌兰巴托中国文化中心承办，中国银行乌兰巴托代表处协办。我们也有机会在异域接收来自祖国的问候。演出地点在中央文化宫。

现场邀请了许多在蒙华侨、在蒙企业员工和留学生，因此在等待开演的时候随处可以听到汉语和蒙语交杂的问候声和交谈声，居然还听到了一位拄拐的老大娘讲山东话，亲切得很。

演出的节目歌舞兼有，还有一个魔术和杂技节目。歌舞节目是典型的徽州江淮风情，十足的黄梅戏风格。男女舞蹈演员柔情无限，不知道看惯豪情节目的蒙古观众能否接受，精彩的魔术和杂技节目收获了最热烈的掌声。

蒙古军事博物馆

上了一个月的课，乌兰老师安排了一节社会实践课，我们也因此有幸参观了一次蒙古军事博物馆。

蒙古军事博物馆不大，主体为一幢两层楼建筑，顶部中央加盖了一个圆柱形的"炮楼"，门口左面一架米格-17原机，右面一辆T-34坦克，以及一排高炮等陆军装备。

▲ 蒙古军事博物馆

　　步入博物馆正门，一层展厅分左右两个展区。左侧是古代军事区，右侧是近现代军事区。古代军事区展出了古代冷兵器时期的各类弓箭、刀枪、铠甲和攻城设备。右侧近现代军事区展示的各种枪械，几乎全为苏式装备，同时还展示一些著名军事将领的服饰和用品，比如乔巴山的军服。现代展区的门口靠右摆放的是近年来蒙古赴外军事留学人员捐赠的外军军服，有美国的、韩国的。

　　博物馆地下一层是通信、防化、医疗等领域军事装备展。墙上挂着的实物枪械很吸引人，也都以苏式装备为主。

　　二楼是维和行动展区，以图片为主，主要介绍近年来蒙军参与联合国维和行动的情况。

　　博物馆规模虽小，也许只相当于北京军事博物馆的一个展厅，但麻雀虽小五脏俱全，并且历史跨度也很大。在走马观花中深感经济基础决定上层建筑。

宝音图老师

10月21日，宝音图老师开始正式给我们上课。为了尽快拉近师生关系，宝老师第一堂课精选的是蒙古语中的中文音译词。老师笑眯眯的表情，如数家珍地在黑板上罗列着窗户、灯、铺子、挂面、白菜、馒头等词汇……通过对同一事物的熟悉，衍生出对彼此的认同，亲近感也油然而生。我们也开始渐渐熟悉这位体型壮硕、面容和蔼的蒙古老学究。

宝音图老师是位真正的蒙古语教授，特别关注西里尔蒙文的正确书写问题，并对当下蒙古青年和部分人乱拼写的现象感到十分苦恼，因此要求我们一定要认真学好正字法。要正确地说、写蒙文，要用正确的说和写来表达自己的思想。他十分认可传统蒙文，每讲一个单词都习惯性地书写传统蒙文，但他也遗憾地表示，依据蒙古当下的情况，想恢复传统蒙文几乎不太可能了，年轻人的吞音现象导致正确书写西里尔蒙文时都常犯错，更不要说传统蒙文了。

宝老师年逾半百，思维敏捷，比较关心政治，"愤青"特质尚存。他在谈到蒙古国旗"红蓝红"的颜色布局时，认为应改为"蓝红蓝"，因为两边红代表火，中间蓝代表天，有火烤天之嫌。但改成两边蓝、中间红，就具有如日中天的吉祥之意。他认为现在蒙古高层大多毕业于国外的名牌大学，思想意识和生活习惯深受西方影响，对蒙古传统文化知识知之甚少，认识不到诸如国旗颜色的文化寓意，因此算不上真正的蒙古人。

他曾担任过地方教育部门的领导，因此对蒙古政治环境比较了解，对中国的印象也比较好。他认为目前中国的发展速度很快，他到过满洲里，对满洲里城市建设的日新月异惊叹不已。他还认为中国人比较勤奋，相比之下，他对蒙古青年目前的状况感到很苦恼。他还明确表示自己是个爱国者，在谈到蒙古选手在日本相扑界独占鳌头时，骄傲之情溢于言表。整体来说，他是一位热忱、坦率、倔强、认真的老学者。

第一天午饭后，我邀宝音图老师到吸烟处抽烟，稍事休息，他欣然同意。其间，又有几位每天都见的"老烟枪"聚过来，打听我们的学习情况、有什么新闻，并时不时开些玩笑。第二天午饭后，我再邀宝音图老师抽烟，他表示谢谢，不抽了，就坐坐。原来老师平时不抽烟，只是喝酒时才抽。"我嗓子不好，并且抽烟对身体也不好。"这是一位懂得节制的老学究。

吸烟点

学校一号教学楼呈U型，中间修建了一处喷水池，池内贴着淡蓝色的瓷砖，但好像很久没用过了。南北方向各有两把长椅，其中南面的长椅中间有个铁制的垃圾桶，还立着一处标牌——吸烟点。由此谈到在蒙古吸烟的问题。

乌兰巴托所有室内空间是禁烟的，商场、酒店、办公室均有明显的禁烟标识，民众也很自觉，从未见到有谁"冒天下之大不韪"。

乌兰巴托主要干道两侧的人行道也是禁烟的，如和平大街这种主干道几乎不会看到有人边走路边抽烟，也没有站在道边吸烟的。车站、广场也是禁烟的，总之，人流较多的地方都不会有人吸烟。原则就一条，户外你可以吸烟，但不能让别人吸二手烟。

乌兰巴托的小巷内倒是能看到有人抽烟，多是年轻人，感觉有点像不良少年。

政府机关、公司企业往往会在自己的院子里规划出一处长椅作为吸烟点，学校就是如此。另外，居民区内有许多小亭子、长椅之类的休息之处，这也是默认的吸烟处。

遗憾的是，乌兰巴托公共场所的卫生清扫不是十分及时，许多小巷、路边、吸烟点的地上经常满是烟头，时有一些空酒瓶，在大环境下显得不太和谐。

学校的吸烟点秩序要好很多，不过学校的领导、教师大多不愿多走两步到固定吸烟点，而是在靠近楼口南侧、花园东侧的一排长椅上抽烟闲聊。于是吸烟点就成为学生们专用的了。

吸烟点是一个闲聊交友的地方，能认识许多人。我通常会主动和他们打招呼，分享香烟，目的就是能和他们多交流，锻炼语言，了解风土民情。这个方法很奏效，认识了许多人，也知道了许多课堂上无法了解的事情。他们通常也会问我们一些问题，学习怎么样，去哪逛了没，等等，有教授、行政人员，也有普通学生。10月31日还认识了一个公职人员医院的医生，是个外科主刀大夫，叫冈色楞格，30岁左右，人挺胖，一笑起来眼睛能眯成一条缝。他说自己有两个闺女，第三个也在媳妇的肚子里了。他来这里在职进修英语，为下一步出国进修专业做准备。他对中国十分好奇，有一次路过我们的教室，看我们在就进来聊天，其间突然看到墙上的中国国旗，就问我们国旗上面的五颗星星代表什么、中国哪好玩，等等。冈色楞格很聪明，也很喜欢医生这份职业。他曾表示如果在蒙期间身体有恙的话可以找他，即使他看不了，也可以帮我们联系其他大夫，总之医生圈人头熟，但他也表示希望用不上他这层关系。

乌兰巴托博物馆

乌兰巴托博物馆听名字很大，但其实就是一座200平方米左右的单层尖顶小房，就在摔跤馆的路东，是每天上学必经的路口。票价1500图，本来早就打算去了，但一直在装修，直到11月1日才重新开馆，于是开馆第二天我们去转了一圈。

▲ 乌兰巴托博物馆

展室呈环形，展品主要是一些涉及乌兰巴托的文物和画片，比较有特点的是一个木制的乌兰巴托立体模型，全景展示乌兰巴托的城市规划情况，我也试着找到了我们租住的13区12号楼。由于乌兰巴托以前叫库伦，因此许多画和照片均使用库伦一词。有一张手绘地图，体现了早期的乌兰巴托分为东西两部分，西库伦以甘丹寺为中心，库伦为后建的。在东库伦以东还有一处聚居区，平房居多，有别于东西库伦，看样子有可能是早期的汉商聚居地。

▶ 乌兰巴托博物馆的展品——大库仑地图

▲ 乌兰巴托博物馆里的一世哲布尊丹巴像，反映其创作索音布图案的情景

乌兰巴托军服厂

　　乌兰巴托的大街上随处可见穿着军装的蒙古军人。后来知道蒙古军人和军校学员的军装不是国家统一发，而是需要自己采购，国防部有专门的生产单位和售卖点。国家大百货商店后面就有一家。

　　11月6日逛街的时候正好路过该厂，就进去转了转。感觉挺大的，像个公司。该服装厂周一到周五上班，面向道路的一侧有个大玻璃展柜，里面放着几个假人模特，身着蒙军的军装，包括男女军官常服、文工团服，还有少年军校生的服装。

▲ 乌兰巴托军服厂

当天正是该厂的工作日，进门右手第二间屋子里挤满了人，男女老少都有，一个裁缝正在给一个40岁左右的大姐量尺寸。墙上挂着蒙古军装的各种样式图展，军官的、士兵的都有，还有个展板上贴着身着工厂制服的工人正在赶制服装的照片，以体现流程正规。

本来听说蒙古军装老百姓不能买，可屋里的几个人实在不像军人，可能在定做其他衣服。倒是对门库房门口有个类似学员的大小伙子还靠点谱。库房里的货架上堆满了各种帽子和衣服，小伙子在看样挑衣服。

出门的时候看到门口的两面墙很有意思，一面墙是个玻璃展窗，展出蒙古不同时期的军装造型，是大约采用1∶2的比例缩小的模型，像小孩衣服。另一面墙上满是各种奖励证明，类似荣誉墙。

政府的更迭

11月6日，宝音图老师开课的第一句话就是"昨天蒙古政府倒台了。"现在阿拉坦胡亚格成为看守总理了，要重新组建新政府了。

宝音图老师继续讲道，根据到场的66名大呼拉尔委员的投票结果，其中36票赞成罢免现政府，由此阿拉坦胡亚格下台了。

阿拉坦胡亚格下台的主要原因是蒙古近期经济情况实在糟糕，尽管8月份习近平主席访蒙带来了经济大单，对蒙古经济来说是好消息，但是根据我近两个月的感受，蒙古图格里克一直在贬值，对人民币的汇率由9月初的296图，跌到现在的307图。看来蒙古经济确实遇到很大问题，现政府脱不了干系。宝音图老师也表示，蒙图贬值太快了。

记得10月中旬的时候，看见有示威者在国家博物馆前搭了两个蒙古包，拉上横幅进行抗议，并在周末用扩音器向着国家宫的方向"怒吼"，指责现政府无能，要求涨工资。当时觉得没什么，因为这种抗议活动更像是情绪宣泄，没想到现在真把阿拉坦胡亚格政府"喊"倒了。

▲ 国家博物馆前抗议者搭的蒙古包

　　宝音图老师很善于讲笑话，他说自己是人民党人，而老婆是民主党人，两人经常就政治问题争论，甚至吵架，老师甚至说自己老婆是他的"敌人"。宝音图老师的老婆是一名农学家，一年到头国内、国外到处忙着调研，并随身带着8岁的儿子，因此家里就留宝音图一个人。

　　宝音图老师喜欢思考政治问题，对中国共产党的印象极好，说毛主席、邓主席以及现在的习近平主席都是了不起的人，是伟人。他极认可我们的政策延续性，能够把人民放在第一位。他说，改革开放让中国人民过上了富足的生活，并且还在不断地向前发展，"这才是真正的、最重要的民主"。

旁听蒙古学生学汉语

学校外语中心办有汉语培训班，请的是我们汉办的支教老师，我们叫他小潘。11月5日，有幸听了小潘给蒙古学生讲的第一堂汉语课，共九名学生，来自天南海北，各行各业，教师、职员、公务员……班长叫达瓦。他们来学习的主要目的都是为了多掌握一门外语，为从事涉华工作做准备。好几个人都表示希望学好中文，好去中国做买卖。

当天午饭后，我们照常在汉语教室里自习，不时有人开门，我主动打招呼。直到达瓦进来后一聊才知道，1点半他们要在这上第一堂汉语课，于是我们迅速坐到后面，打算旁听这第一堂课。

九名学生进来后，走到后面脱了大衣，发现后面坐着两个外国人很惊讶。于是我主动和他们打招呼，并一一握了手。

小潘并没迟到，但一个劲儿用英语说对不起。由于小潘不会说蒙语，外语中心给此次授课配了个英语老师，就是校长秘书奥云。小潘说英语，奥云再把英语翻译成蒙语说给学生。

开始上课后，小潘让每个同学到前面做自我介绍，因为这九名学生来自不同地方，彼此也不认识。于是他们轮流到前面介绍了自己的名字、职业、爱好。小潘在我们的帮助下用汉语音译了他们的名字并写在黑板上，我还帮他给每个学生做了个名字桌签，方便认人提问。

班长达瓦的英语还好，能够基本听懂小潘的讲解，但其他人不行。因此，课间休息过后，再上课的时候，达瓦充当了翻译一职，成了小潘的"二传手"，很是称职。

有个叫恩赫其其格的女学生懂点汉语，她此前来这里跟准妈妈巴特哈苏学过。这回是专门来跟中国老师学真正汉语的。她讲汉语很生硬，但还算有些基础。

后来又来了一位女新闻工作者，一共是10个人，学生们的名字起得都很吉祥，比如和平、金光、勇敢……但有个叫噶尔丹的，令小潘很吃惊，一再确定是否是《康熙王朝》里的噶尔丹。其实也可以音译为甘丹，即兜率天。

所有人的求知欲都很强，毕竟付出了时间和金钱。小潘在领读的时候，大家都盯着老师仔细听，态度很认真。有时，我们插几句蒙语讲解时都立马回头认真听。虽然蒙语发音也是唇齿清晰，但他们在发"鱼"的音时还是有点翘舌，有点困难，毕竟部分音节在蒙语发音中根本不存在。学生们都表示很想尽快学写汉字，却又担心汉字难认难写，小潘便耐心解释道，在这种8个月的短训班，能基本掌握汉语的听说最为关键，因为大部分的交流是口头上的。掌握了拼音，学会了查字典，就能掌握汉语的自学基础，识字量会呈几何式增长。

外语教学研讨会

11月7日，外语中心承办了外语教学研讨会。宝音图老师负责具体的承办事宜，乌兰等年轻老师负责会场布置等琐事。我们也有幸被邀请旁听。

外语教学研讨会每年举行一次，乌兰巴托各大学轮着承办，参加者均来自乌兰巴托各高校，包括国立师大、国立大学、农牧业大学等。研讨的主题围绕外语教学展开，通过研讨交流教学经验，总结教学难点解决办法。

此前，宝音图老师已经把参会发言者的名单拟制出来了，并制作了邀请函。规定每人发言10分钟，语种不限。

研讨会的地点在三楼的"ih ee"大和谐会议室。会议室分里外两间，里间正中是个二十人左右的椭圆形大会议桌，墙上挂了一块定制的会议背景幕布，略显隆重，很有氛围。外间有长椅和条桌，桌上摆着饼干、茶、咖啡和一次性纸杯、纸抽等，先来的参会者可以在这儿稍事休息，任意取用。摆设茶点间，中国少有此种安排，但在蒙古司空见惯，看歌剧前有，会议前有，餐会前也有……这已经成为一种迎宾的习惯，感觉蒙古西化倾向中这点做得很有风范。

▲ 研讨会会场布置很正规

▲ 茶点间简单但很有特点

　　研讨会由宝音图老师主持。作为此次研讨会的主办方，校方派了一位副校长致开幕词，此后，根据之前拟定的顺序，讲者们的发言开始了。遗憾的是，原本计划有汉语教学相关发言，但因那位老师临时有事没到，因此当天的发言主要是有关英语和朝鲜语教学的。

　　给我印象比较深的是一位女老师，大约50来岁，并带来了一位美国外教。她居然用英语发言，虽然表达不如想象中流利，但敬业精神可嘉。讲者大多使用幻灯片辅助发言，因为参会论文较长，10分钟根本念不完，因此对讲者现场归纳和应变能力要求很高。有几位讲者讲着讲着就忘了时间，尽管宝音图老师不停提醒发言者"到时间了"，但讲者依旧充耳不闻，力求发言圆满，引来笑声连连。

　　有趣的是，本以为发言后，大家讨论下就完事了，但会议还设置了评选环节。宝音图老师给每个讲者一张评分表，让大家互评。为公平起见，我们两个中国留学生被指定为计分员。

　　根据平均数原则，评出了一、二、三名。作为主办学校，获得了一个第三名，第一名给了师范大学副教授巴雅尔齐木格，她发言的主题是关于授课教案的问题，发言风格和其他年轻讲者明显不同，语速快，语调坚定。宝音图老师代为颁奖，并宣读了校长给第一名的贺词。

　　会后，按照之前的约定，我们请宝音图老师吃了顿中餐，还是在联合饭店。三个人，四菜一汤，宝音图老师却说点得太多了。在分餐制的蒙古社会，能够接受西餐轮番端上来的四道菜，却对讲究大桌团圆饭的中餐十分陌生。然而，这并不影响他们体会东家的热情。

周末款待小同乡

为了推广中国文化和汉语教育，像小潘一样援助蒙古汉语教育的中国志愿者有很多，仅乌兰巴托就有数十名，分别被安排在各个大中小学。津贴、补助都由中国国家汉语国际推广领导小组办公室（简称"汉办"）提供，连住所也由汉办就近安排。

和小潘合住的还有三个人，早就说请他们吃饭，11月8日正好有空，便召集他们来我们这包饺子。

本来要请他们四个人，但策沃尔哈斯因为要接外地同学没来，导致另外三个不懂蒙语的人打车走错了路，被司机扔在了不远的温州饭店。

跑到温州饭店接上他们，在大市场采购东西，回家忙活一下午，小同乡们很懂事，主动上手帮忙，做了饺子、肉饼、炖牛肉、黄瓜蘸酱、西红柿炒鸡蛋。能吃上久违的饺子，对不会包又没处买的小潘他们来说很像过年。

汉办对志愿者老师的管理十分严格，要求他们少出门，这是为了他们的安全考虑。刚毕业的他们很守纪律，也由此导致他们哪都没去过，打开地图给他们讲了半天，个个都不像已来蒙古两个月的样子。

花了点时间给他们讲安全问题，舒缓了他们对蒙古的恐怖想象和紧张心理，希望能使他们对蒙古有个客观印象和美好回忆。

我们还答应他们可以定期来家里吃饺子，同在异乡为异客，彼此有个照应是其一，更主要的是聚在一起就有家国的感觉了。

"和平中心"度假村及外语中心40周年庆祝活动

11月15日，外语中心举办成立40周年庆祝活动，我们有幸获邀参加。

每人活动费2万图，地点定在城北的一个度假村，名叫"和平中心"，位于乌兰巴托北部40公里左右的地方，其中宾馆、场院都是中国援建的。

由中国援建的"和平中心"度假村——主楼

早上8点半在学校登车，宇通中巴，荷载30人，刚刚好。路是柏油马路，但有些崎岖，坐在车上有点像坐过山车。路两边有许多造型各异的小房子，配有小院，多为木制，颜色各异，途经感觉像行驶在北欧乡下。老师们一路轻松愉快，兴致很高，不停地开着各种玩笑。

向北开了大约1个小时抵达目的地。度假中心坐落在一处山坡上，左右山上布满松树，向南可以远眺到一处村镇。宾馆楼舍崭新得很，配套设施也十分完备，有健身房、桑拿浴室、游泳池、大餐厅、会议室，标间200元人民币一晚，不算贵，当天就看到

很多来此度周末的当地人，但也只有乌兰巴托的中产人家才会举家来这里度周末。值得一提的是，当天结识了宾馆的副经理，他的女儿曾在中国留学学汉语，儿子目前也在中国学汉语，老爷子对此十分引以为荣。

到了目的地之后，老师们先到三楼两个房间里换了衣服。每个人都正装出席，很是郑重，每人还配发了一个周年庆纪念牌，做工很好。

在一楼大宴会厅，开始了第一轮庆祝活动。乌兰老师负责安排席位，我同乌兰、宝音图一桌。欧式宴席，桌上摆着啤酒、白酒、饮料、水果、糖果，上了两道汤菜。席间，外语中心向当天邀请到的中心老教员颁发了奖状和礼品，并给宝音图和一位韩语老师颁发了哈拉哈河战役胜利纪念奖章。此后，便开始了唱歌和跳舞。外语中心女老师占90%，算上宝音图就三个男老师，氛围有时就靠这三人。

蒙古人能歌善舞，有人唱歌，就有人伴舞，还集体载歌载舞。我不会跳，但也深受其感染。乌兰说，在蒙古，每个人都必须会跳舞，并且有专门的舞蹈老师。另外，女士邀请男士跳舞的话，男士必须跳。于是，我虽然不会，但被英语老师邀请时，也硬着头皮上场了。宝音图老师绝对是个老手，音乐一起就拉人开跳。

外语中心有个姓朴的韩国外教也来了，他今年57岁，个子不高，戴着大大的黑边眼镜，油亮的分头，像个老学究。他蒙语还行，也会一点中文，听说除了任教还在学校同时修着博士学位，年近花甲还这么努力，挺不容易。归乌兰负责照顾的法国外教玛丽也来了，金色短发，但不是碧眼。25岁却长了1米8的大个，加上很瘦，更显得鹤立鸡群。她英语还行，但不会蒙语。因为语言不通，更像个看客。同为外国人，她倒是很愿意跟我们走在一起，毕竟小潘英语还行。

饭后，进入第二轮活动，在音像厅观看了纪念视频和照片展。听讲解说，蒙古各界的许多名人年轻的时候都在这个学校学习过。视频中青涩的脸庞和复古的演出，引起老师们的一阵阵欢笑。此后又是一轮表彰，其中颁给退休教师的纪念"金腰牌"很是精致，十分有蒙古特色。

接下来是一个半小时的自由活动时间，宝音图领我们在周围转了转。宾馆后面是老房区，20世纪60年代盖的疗养楼经过粉刷并不显老旧。在一个类似篝火围栏里，几个当地人正在弹着吉他唱着歌，全然不顾深秋的凉意。宝音图说，他来过许多次了，以前没有前面新宾馆的时候，后面还有蒙古包，一宿大约70元人民币。

▲ 原来的老楼

回来后，众人挤在一个小会议室内，围着桌子开始赛歌，抽签唱，个个唱得都很好。我们也准备了一下，但没轮上，于我而言好极了。

接下来又返回大宴会厅，开始吃手把肉，一桌一个巨大的托盘，盛着整块的羊肉和整个的土豆，热气腾腾。一人一把刀，直接上手抓着吃。肉的味道很足，煨过了似的；土豆个很大，已经浸足了肉的香味。席间同几位老师攀谈起来，他们对中国十分感兴趣，对我这个留学生也问个不停。

饭后，许多人来到门口吸烟点抽烟，稍事休息了一下，便开始在音像厅做游戏，游戏还配有酒。一开始，我参加了一个抓钱的游戏，手放在放钱人手的上方，钱一落下就马上去抓，当天无人有此财缘，但欢笑不断。宝音图和我们喝了三巡酒，我又和宝音图参加了一个比赛，要相互配合，用三种不同舞姿跳舞。最后，宝音图夺冠，我第二，小潘第三，还不错。

返回时，天已经黑了，一路欢笑。

蒙古人的休闲文化，同我们的差异说大不大，说小不小。但他们确实喜欢载歌载舞，这也使他们更善于忘却烦恼，常常前一秒还眉头紧锁，下一秒就喜上眉梢。我曾经很惊讶于他们排解烦恼的能力，但了解到他们有时并不是真的解决了烦恼，而只是逃避，不过正如他们说的，"那又能怎么样呢"，也许他们更懂得如何快乐地生活。

校方与在校外籍人士的见面会

11月26日，校方组织了一次外籍人员见面会。主要是外语中心的外籍教员和我们两个中国留学生，全校目前就只有我们两个中国留学生。

会议由教务主任主持，副校长坐镇，外语中心主任陪同。会议的主旨是询问外籍人士在校工作学习情况，看看是否有需要解决的问题。

第一次看全所有在校外籍人士。除了韩国朴老头，汉办的小潘，法国的玛丽，以及经常在茶餐厅见到的俄国高老头，这次又看到另外一个女俄语教员，和一个教音乐的俄国中年人，看来俄国人还是最多。

搞笑的是每个外教都配了个翻译老师，感觉像开联合国大会。我们没有翻译，自力更生！

总体感觉像走形式，到会的人互相介绍了下情况。俄国老师提出的授课时间不够以及小潘提出的没有汉语翻译问题，都被"会和相关单位商量"给"解决了"。由此，我们也仅对老师的授课和校方的支持表示了感谢，没提什么要求。也许是我们习惯了有事会后解决。

今天朴老头又把我给震着了，他坚持用蒙语介绍自己，也奇怪，他说的我全能听懂，并且明显觉得他发音实在是太不地道了，韩式蒙语味太浓。但是50多岁的人了，能说出"目前还在坚持学习蒙语"，仅此一点就让人钦佩。哎，神采奕奕、热情主动、处处好奇的朴老头！富有喜感，又让人充满敬意。用北京话来讲，就是"真儿、真儿的不易"。

外语中心成立 40 周年开放日

酝酿了许久的外语中心成立40周年开放日活动终于在11月28日举行。27日，汉语班的蒙古学员把教室打扮得像是过春节，灯笼、对联、汉服都配上了，很是热闹。

除了图片展览，汉语班比较有特色的是现场书法表演、茶道表演和学员身上的汉服唐装。汉办出人出力，目的在于开拓同校方的合作。

第一个环节，先在老师教室为各位来宾介绍外语中心情况，尼玛木茨中心主任主讲；

第二个环节，来宾们依次参观了中、俄、法、韩、德、土、英等外语教室展；

第三个环节，在三楼小会议厅品尝各国美食。

教室的布置都努力追求各国特色，乌兰法语教室有位身着拿破仑时期将军服的假人，很有意思。韩语教室外的韩国地图则为一幅没有三八线的半岛图。

汉办此次支持力度很大，服装很到位，蒙古学员爱不释手。派人现场表演书法，引来很多人现场书写自己的名字，我也临时充当了蒙文名翻译（后来结束时，还有人要写，小潘只能答应周末再办了）。

三楼的美食展很有特色。论场地，中餐区最大，十来个硬菜，最先被扫荡完，小蒋和小陈的茶道也很有特点；土耳其餐区的赞助力度也很大，十来个盘子让人分不清是菜还是饭，由一个土耳其美女亲自夹菜，递过来的类似果冻的奶制品很甜。论菜品，还是中餐对口，也很大气；美、法、德的点心类食品没什么特色，美餐主要是糕点，突出了汉堡文化，一男一女两个服务员穿着牛仔情侣装；而韩餐就只有紫菜包饭和牛肉汤；另外还有蒙餐，肉奶齐全。论酒水，当然是法国的红酒和德国的啤酒最吸引人，蜻蜓点水般的一样尝一点，只能算是喝过，说不上什么心得。

席间还有文艺演出。乌兰朗诵了诗；俄语老师身着俄军套裙装唱了俄文歌；韩国朴老头从外面带来了正在学习韩语的小学生现场唱韩语歌，当天我也头一次见到了他的夫人；小潘的《真心英雄》很有气势；玛丽的法文歌很销魂。还有视频播放环节，展示了各语种老师制作的MV。

再次感到蒙古对西式社交，准确地说是俄式社交的"钟爱"。举着杯游走在席间，与人攀谈，寻找彼此的共同点，微笑带来了了解彼此的机会。

做客巴特哈斯家

　　巴特哈斯23岁，是个一米八的羞涩大男孩，短头发有点泛黄，眯成一条缝的小眼睛同壮硕的身形很不相称，但却凸显出他的随和。他很热心，时不时还会开点玩笑，很适合干外事工作。从到蒙古起一直在麻烦他，租房子、搬家、办证件、协调见领导……虽然都是其职责所在，但每次他都十分上心。

　　11月29日，经过再三邀请，巴特哈斯和他媳妇召格扎雅终于和我们一同在阿奴金饭店吃饭，他们两岁的女儿还是没抱来。召格扎雅是位英语老师，比巴特哈斯矮了一头还多，但性格很活泼，反倒显得巴特哈斯老实多了。两口子对中国十分好奇，席间唠了许多轻松的话题。当天我们点了一份宫保鸡丁，我跟他们讲，欧美刚把这道菜评为最"中国"的一道中国菜，巴特哈斯夫妇也因此特意多吃了几口，并赞不绝口，表示确实很好吃。我们还带了个小礼物，是个小镜子，召格扎雅很高兴，当席就打开来看了。

▲ 阿奴金饭店

散席的时候，夫妇俩邀请我们之后有机会去家里吃饭，我们欣然同意。

没想到夫妇俩说办就办，12月6日就邀请我们去他家里吃饭，其间还到教室提醒了我们好几次。

当晚我们给巴特哈斯的小女儿买了个大熊猫毛绒玩具，估计和小家伙块头差不多，买熊猫是花了心思的，希望小家伙看到熊猫就能想到中国，民之亲要从小抓。另外，又买了瓶洋酒——马爹利，由于没有高关税，在蒙古，洋酒比中国便宜很多。

巴特哈斯的家也在13区，得父母恩泽（二老分的房子），结婚后就住在这里。房子是一室一厅，大约60平方米，厨房和客厅为连体开间，只有一个小卧室，一家三口住刚好。房子装修很入时，屋内家电齐金，简洁有序，全然没有俄式老房子的粗犷、陈旧。

客厅摆着一排长沙发，中间是茶几，对面墙摆放的是电视柜，顶上有个架子，放了几个装饰瓶，很小资。左手便是开放式厨房，靠墙的拐角放了一张白色的欧式花纹橱柜，很整洁，中间是餐桌。沙发左边有几个毛绒玩具，可以看出家里有个小女主人，但今天又没在家。再往左面有个用布帘隔开的空间，不知作何用。

我们在餐桌和茶几间纠结了一下，为了迅速消除拘谨，迈向"常客"行列，巴特哈斯建议在茶几就餐，更显亲切。

当天的主菜是烤鸡腿饭和包子，配菜是蔬菜沙拉和牛肉丝拌彩椒，奶茶配啤酒，欧范里点缀着蒙古元素，我们借此也打听到了烤箱和辣椒调味酱的使用方法。牛肉丝拌彩椒这道菜很有特点，肉煮得很烂，彩椒很脆，加上有点微辣的青椒酱，很是爽口。为表尊敬，我努力把主菜一扫而光，只是分量实在不小，再吃配菜就有点力不从心了。不过能看出来，夫妻俩十分高兴。

▲ 巴特哈斯精心准备的家宴

席间，我们从蒙古一档现场喜剧节目聊到航空母舰的译法，轻松愉快。夫妻俩性格也很相像，待人诚恳、开朗积极，仿佛把我也带回了十年前的青春时光。

这是第一次吃到真正蒙古人家的家常饭，也许不像中国七碟八碗，但绝对没有凑合之嫌。夫妻俩想必也考虑了一番，从餐巾的准备，到菜品的烹调都能感受到主人的热情。

到蒙数月，我们已经具备了当地的"世故"，知道打车多远给多少钱合理，哪家小店奶茶比较贴心……适应了这儿的生活，也就理解了当地的价值观，有时确与我们有所不同，甚至迥异，但知其所以，不再错愕，才能融入当地，体味别样生活。

汉语班新年聚会中的"酒司令"

12月19日，汉语培训班的学员组织新年聚会，邀请我们参加。之所以这么早就举行聚会，是因为这些学员来自各行各业，各单位都要在年底举办自己的新年聚会。

全班除了阿拉坦思琴都来了，还都细心打扮了一番。下午的课只上了1个小时，便在3点于联合饭店吃中餐。

我们在二楼包间里点了5道菜，通过席间的交谈，了解到了许多有趣的东西。

联合饭店的中国菜做得十分地道，味道同在中国没有什么区别。但中国早已消失的"谢绝自带酒水"这一霸王条款却在这里继续坚守阵地。让人欣慰的是，这里也同样存在与在中国相同的应对举措。当天，我们点了1瓶最常见的小瓶黑标成吉思汗酒，但喝着喝着，胡日乐巴特却从包里又拿出了一瓶，接着又是一瓶……

▶ "金"成吉思汗酒

中国的餐桌上有"酒司令"一职，蒙古也有，专门监督大家喝酒，当天的酒司令胡日乐巴特很尽职，一个杯，大伙根据"酒司令"的安排轮流喝。"酒司令"一杯一杯地倒，不偏不倚，不漏一人。在蒙古，人们干杯的时候喊"toloo"，汉语意思是"为了"，为了大家的健康，为了大家的进步，为了大家的快乐……

吃过饭，我们在一楼的卡拉OK唱歌。达瓦和恩赫其其格合唱的一首曲调柔和、语速较快的歌，十分好听，是蒙古现代情歌对唱。而年轻人更加热衷说唱，语速十分快，很时髦，其中嘎尔丹、毕立格唱得好极了。大家边唱边跳，很是热闹。

校方的新年款待———场正式的西式社交宴

由于财政原因，今年学校没有举行大规模新年欢庆活动，但校长还是在12月24日请我们所有外籍人员吃了一顿新年宴。当天校长早早在三楼宴客厅等候外籍教员和我们这两名仅有的外籍留学生的到来，问候之后，分坐两桌。除了我俩，所有外籍教员都带了翻译。两个俄语教员带了"大眼镜妹"，小潘带的是个英语教员，乌兰陪着玛丽，老朴头的翻译是额尔德尼。

校长首先致辞，祝大家新年快乐，对大家以往的工作表示感谢，并预祝大家在新的一年里取得更大的成就，之后就开席了。

当天的菜品是标准的西餐。首先是开胃菜蔬菜沙拉，第二道菜是牛肉蘑菇汤，配小炸饼，主菜是饺子、馅饼、沙拉拼盘，甜点是什锦水果杯。酒有香槟、伏特加。饮料是可乐。

席间的交谈很轻松，巴图、尼玛苏荣老师风趣极了。

一个是关于圣诞节的话题。他们对中国是否有基督教表示好奇，我说，在中国，宗教信仰自由，北京王府井附近就有个大教堂。尼玛苏荣问我有没有去过甘丹寺，感觉如何，我告诉他说甘丹寺的大佛像很高，像雍和宫的。

第二个话题是巴图说，他公派去中国的时候，与中国人喝过酒，但酒杯都是小的，不像蒙古用大杯，并说自己一口气喝了八盅。我说如果用大杯的话，根据中国的饮酒习惯，一次干一杯，那他早醉了。巴图表示同意。

巴图还说，他和自己的一个中国朋友一口气喝了一大瓶蛇酒，我用蒙语的"神奇"加以形容。尼玛苏荣说，没想到我的蒙语运用这么好，到位极了，进步神速。

第三个话题是巴图问玛丽乌兰巴托空气中的烟尘是不是很厉害，玛丽经过乌兰翻译讲了一个真实的笑话逗笑了大家。说是刚到蒙古的某一天，玛丽起床，看见窗外白茫茫一片，心中欢喜，"多美的雾呀，让我开窗呼吸一下湿润的空气吧"。可是一开窗，一个深呼吸后，发现居然是烟尘，赶紧以迅雷不及掩耳的速度关窗。乌兰讲得绘声绘色，引发大家一片笑声。

乌兰当天还给我当了二传手。尼玛苏荣问我的初恋是谁，开始我还没听清"初恋"这个词，可乌兰一说"小牛恋"，我立马就反应过来了，蒙语中时常借用小牛犊和爱情两个词来形容初恋。我说我的初恋是我爱人。

另外，我从巴图那得知，12月31日晚上成吉思汗广场上有新年大庆典，有音乐会，还有礼花，零时有总统电视讲话，还会祝酒（或奶），人会很多。建议我们去看看。

席间，朴老头又用韩味蒙语敬了大家一杯，邀请大家去他16区的家中做客。他问我中国有圣诞老人吗，来蒙古吗？我回答他说，中国有圣诞老人，每个月都来蒙古（暗指我们同蒙古每个月都有新援助要协商、签署、落实，我们是真正的圣诞老人呀）。

宴会快结束时，校长叫巴特哈斯当了一把圣诞老人，给每个外籍人员都发了一包新年礼物：一瓶香槟、一盒巧克力、一盒曲奇、一个蜡杯、一罐口香糖、一个挂坠娃娃。

和老师们过新年

12月26日，我们邀宝音图、乌兰、巴特哈斯夫妇赴宴，共庆新年。地点还是在联合饭店二楼，点了六个菜，每人一瓶啤酒，好好吃了一顿。

点菜的时候，宝音图还是招财猫的样子，拉着长音说"哈马贵（都行，都可以）"，引来以乌兰为首的一顿狂笑。召格扎雅盯上了宫保鸡丁，巴特哈斯点了个扬州炒饭。乌兰当天误点了一个辣椒菜花。插一句，当天乌兰上课时说要减肥，但不知道从哪听说连续5天不吃盐，就能减肥，便表示不吃中餐了，被我当即否决。因为不吃盐，对健康十分有害，因此，乌兰才点了个蔬菜。

宝音图当天坐在那不太说话，后来在回家的路上，从乌兰那儿才知道，原来宝音图没见过召格扎雅，在生人面前要保持正面形象。也是，老学究就该有个稳重的样子。

　　席间的话题十分轻松，气氛融洽。

　　我讲到大学时老师给我看了部蒙古电影《我爱你》，情节很好，连续看了五六遍，对电影结局感到扼腕不已。乌兰表示他们都看过，我一说起，他们就说那部影片是80年代初期拍的，还拍了续集，现在三个主演都是五六十岁的人了，还住在乌兰巴托，场景取自3-4小区。我表示，当时看的时候很受触动，也曾想过什么时候去乌兰巴托看看，现在梦想成真了。我告诉他们，有机会的话，得去趟电影中的地方转转！

　　关于12月31日晚上的新年庆典，同巴图讲的一样——在蒙古，新年才是最大的节日，成吉思汗广场上的庆祝活动很热闹。相反，农历春节没有大庆典，只是在家休息，平静安详。

　　召格扎雅的啤酒喝不了了，又得巴特哈斯代劳。巴特哈斯表面上不动声色，但估计他心里都乐开花了。因为这样的经历我也有过，能够体会。被揭穿的巴特哈斯绷不住了，引发阵阵群嘲。我问元旦后还有什么重要节日，大家便开始查：春节、妇女节……我说，太好了，以后有的是机会聚会了。

　　回家的路上，除了宝音图往东，我们都徒步往西，那晚的月亮是上弦月。

蒙古最大的节日——元旦

　　蒙古最大的节日就是元旦。12月31日的巴彦朱尔赫中心市场格外热闹，各家各户都在进行节日大采购，商家也备足了货品，打起了十二分精神。过道上挤满了人，要想前行还真就得挤过去。

　　去的路上发现有许多满载而归的人，手中都提着一盒大蛋糕，感觉这可能是他们的习俗。进入市场后发现，原来卖面包和点心的区域，商家全都卖起了蛋糕，一家大约10来种。这儿的蛋糕不用定做，商家在展柜上摆好样品，看好哪一种，就从后面成排的盒子中挑出买家选中的样式，直接交钱提走。入乡随俗，我们也跟着买了一个巧克力味的。

买完肉，绞了馅，又买了些蔬菜和水果。提上几大包东西，回家开始准备。当天召集了小潘他们一起过新年，并打算晚上一起去成吉思汗广场看庆典。

忙活了一下午，吃完饺子，看了会儿电视，吃过蛋糕，我们就浩浩荡荡地出发了。

虽然是夜里11点多，但马路上依旧车水马龙。我们徒步去的，沿途上有许多行人，年轻人居多，但也有老人，都盛装打扮，相互搀扶着。也有举家前往的，四五岁的小家伙也不知道困。不仅如此，居然还有组团的，估计是学校活动。大家都是朝着一个方向，直奔广场。当时的气温比白天冷，大约零下30多度，但此刻的乌兰巴托却正处在夜晚的繁闹中。

过了敦德河桥，就能看到广场上的探照灯直冲夜空。过了师范大学的路口，已经能听到音乐声了，人流也集中了起来。马可波罗像的小广场上，许多人围着圣诞树和大雪人在拍照，时钟旁也有许多人。国家宫前的第二道台阶上架起了围栏，六七个警卫分段把守。

此时的成吉思汗广场东西两侧马路已经封闭，广场南部的花园区域因烟火表演也完全封闭。西侧的露天大舞台灯火通明，南侧和东南侧开放区域支了许多白帐篷，售卖零食和灯光饰品。苏赫巴托像南侧的圣诞树最大，灯光全开，有六七米高。

广场上满是赶来庆祝的人，年轻人三五成群，家庭式队伍中，通常爸爸妈妈搀着老人，扛着或抱着小家伙。老人的锦缎蒙袍，小伙的韩式背头，姑娘的浓妆艳抹，都在表达着他们对这个节日的尊重和对来年美好的向往。大家都想离舞台近一点，因此广场的西南区域人最多。我们奋力前行至距离舞台大约20多米的地方，实在进不去了，就驻足在转播车的南侧。

舞台是临时搭建的，背景是个两层的房子，窗口有跳舞的人影，中间是个LED屏，顶部灯光繁复，把舞台照得如同白昼。演出邀请了好几个乐队，大家轮流着上去唱，要不然这大冷天，演员实在难以坚持。听说还有好多大腕、明星来助阵，就像我们的春节联欢晚会。这是蒙古的春晚，有现场直播，所以来露脸那是必须的。我们来得晚了些，当时正有三个女歌手在台上唱劲歌，动感十足，并吆喝大家一起跳起来。年轻人时不时地吹着口哨，加入其中，一起挥手，一起蹦。

距离零点还有5分钟的时候，主持人邀请来了乌兰巴托市的领导上台，市长念了一段很长的祝词。最后10秒时，全广场的人一起倒数，我右侧的小伙子数得尤其卖力。当零点的钟声敲响的时候，广场南侧的烟火表演也同时开始。

烟火表演总是十分吸引人，也最能将气氛推向高潮，让人感到欢喜。随着礼花在空中绽放，每个人都仰首注目，并不时发出惊叹之声。如此之近地观看烟火，确实使人心旷神怡，拿着手机的手也不觉得冻了，小伙子们的呼声还是此起彼伏，衬托着现场的热闹气氛。

▲ 成吉思汗广场上的元旦庆典

烟火表演结束后，音乐继续响起，是经典的舞曲。年轻人还在欢跳着，也有些人已经开始离场了。

有个特别之处是，当天许多人都怀抱着香槟而来，并伴着新年的第一声钟响一同开瓶，三五人斟满互敬，十分有情调。这同过年吃蛋糕一样，也是当地风俗的一大亮点，彰显着蒙古民众的热情和随性。我们请广场上的治安警察帮我们在成吉思汗像前拍照留念，老警很腼腆，但拍照很认真。

庆典过后，多少有点不和谐的是广场上多了许多空酒瓶，有些还打碎了，利刃在上，好不危险，随处散落的还有其他垃圾。这一切好像是在提醒我们这里曾有过狂欢。

返程时已经是2015年1月1日的1点多了。马路上仍车流不息，夜空已被灯光映红。

啊！欢快祥和的人们，热情奔放的乌兰巴托，美好吉祥的2015！

▶ 新年夜的国家宫

第一次乌兰巴托东游
——成吉思汗像、特列吉国家公园与观音寺

1月1日，使馆的朋友请我们吃了顿大餐，陪我们过节。和亲人吃新年第一餐，使本来没有的思乡之情突然闪现又瞬逝。

2日，达瓦和他夫人把孩子放在别人家写作业，然后邀请我们郊游。我们欣然同意后，开启了第一次乌兰巴托郊区游，目的地——乌兰巴托东面的特列吉国家公园，听说那里有许多有名有趣的景点。

12点，达瓦夫妇在摔跤馆接上我们，又接上小潘，一车五人直奔东郊成吉思汗像。

达瓦的夫人长得胖胖乎乎，和达瓦一样显老。

途经乌兰巴托最东面的纳赖赫区时，感觉没有市内繁华了，路旁都是一二层的小楼，人也少了很多，加油站却是不少。途经南山一处滑雪场，3小时3万图，不算贵，有时间一定来玩。我们在纳赖赫接上了达瓦的一个大舅哥，40多岁，看来是向导。

开出城的道路有些颠簸，双向两车道，有些地段路基略高于水平面。我们在出城一处收费口前下车稍事休息，我也有机会生平第一次"架鹰"。

紧挨道路南侧有三个木桩，两头各有一只秃鹫，中间一只雕，看样子已经被驯化了，身子一动不动，只有头间或动一下，但目光却十分犀利。秃鹫的个头比雕大，通体黑色，头上颜色稍异。雕黄黑相间，展翅一米多。每人体验一次4000图。我接过主人递过来的专用手套，接过雕，尽管手套很硬，但仍能感到雕爪十分有力。我高高举起雕，它随着我手臂的起伏展翅欲飞，主人拽着绳索不敢懈怠。

▲ 秃鹫和雕

上车后我们排队过收费站。由于达瓦夫人在这边工作，每天都经过这里，属于包月的VIP，所以过关的时候打了声招呼就过去了。达瓦却开玩笑地说："我老婆是大首长，不用给钱。"

车又开了大约30分钟，到达了距乌兰巴托以东54公里的第一处目的地——成吉思汗像。

▲ 成吉思汗像

　　这是一座耸立在草原上的40米高的成吉思汗骑马塑像，成吉思汗拄鞭驻马，面向东方，据说花费超过410万美元建造而成。塑像由250吨不锈钢打造，因此从远处看闪耀着令人目眩的银色。塑像底部是白色圆形罗马式建筑。仔细观察会发现，成吉思汗手中握着的马鞭是金色的。据蒙古民间的说法，年轻的铁木真在此处曾捡到一根金色马鞭，从此开始了他一生的征战。传说中铁木真曾经以马鞭指天，发出"让蓝天下都成为蒙古人的牧场"的豪言壮语。他最终实现了自己的梦想，带领蒙古骑兵建立了横跨亚欧大陆的蒙古帝国，这段历史直到今天仍然让蒙古人热血沸腾。

要到达那座圆形的二层罗马柱楼，需要爬很长的一段阶梯。拾级而上，阶梯顶端左右两侧是两个骑马的将军铜像，氧化后的黑色更显将军像的威严，好似成吉思汗的怯薛军，护卫着成吉思汗像。我们在此请人给我们合了影，因为一行六人，我笑称为"六将军"。

　　走进正门，左右为纪念品店。正中区域，左侧是一只硕大的蒙古靴，有两层楼高，对面是个马鞭，也十分巨大。两件东西都十分精致。许多人正在租衣服拍照，衣服很讲究，穿上就显得十分威武，时代感十足。有汗王服、将军服，还有贵妇服，由于时间紧，我没能"穿越"成。

　　地下一层是博物馆，展出的是13世纪左右的钱币、饰品、武器、盔甲、器皿等，最有名的要数一把叫"天剑"的羊头（也许是鹿头）柄长剑。走廊的墙壁上挂着蒙古历代汗王画像，同国家博物馆和历史博物馆的一样。我在长椅上留了张"汗王照"。

▲ 正厅巨大的蒙古靴

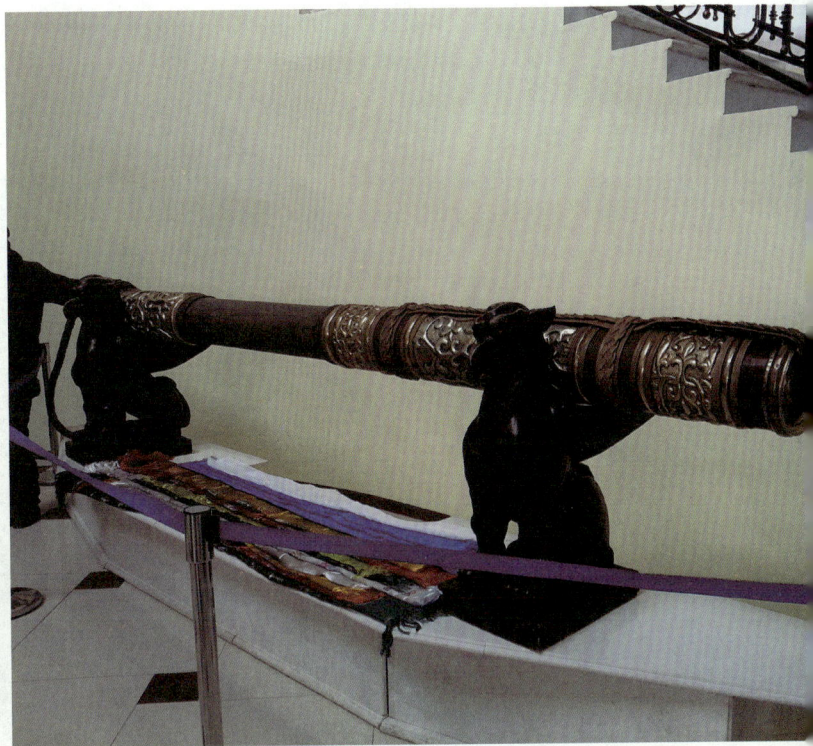

▲ 巨大的金马鞭

之后我们就开始爬塑像。楼梯狭小，一人刚好通过，两人交汇就得侧身，大约转了三圈，终于从成吉思汗像的腰间来到了户外，成吉思汗的面孔非常清晰。从腰间到马头的一段是户外观景台，大家纷纷取景留念。从此处看下去确实很高，停在广场上的汽车像小火柴盒。举目远眺，深冬的蒙古一片萧瑟，远山裹着几缕白绸，广漠的大地灰黄一片，似黄河水，恰有几波泛起的白浪花。

▶ 登上马头的观景平台回望成吉思汗面容

▶ 从观景台下望，停车场上的汽车就像火柴盒

离开成吉思汗像，我们驱车前往著名的特列吉国家森林公园。先是原路往西走了一段，再从一处叉子形路口调转到了另一条向东的土路上，此处明显是一处山谷，两侧不远就是大山，由此穿行在其中就像在穿峡谷。途经有名的龟像石，留了影。

▲ 龟像石

继续前行，两侧的山都是石头山，山石嶙峋，通体土黄色，但错落有致，很难想象我们正行驶在以广漠草原著称的蒙古腹地。人们在一些依山背风处，兴建了几处度假的地方，但现在好像没什么人来玩。

路越走越崎岖，在穿过一片小松树林后，一番美景豁然跃入眼帘。三面环山，一座依山而建的藏传佛教寺庙出现在面前，别有洞天。

我们在门口停下，并在车里享用了达瓦夫妇准备的野餐食物，有馅饼、奶茶、沙拉、香肠、啤酒、泡菜，丰盛而美味。菜品简约的造型掩盖不住主人的细心和热情，简单的形式亦凸显出异国的格调。茶杯、叉子、饭后补上的一口烈酒，着实让人体味了一把地道的蒙式郊游。本来带的一瓶索音布酒是给他们夫妇俩的礼物，但他们坚决当场开瓶，反复说饭后喝口硬饮料对身体好。现在的我不仅已经适应了这种随性，而且陶醉其中。

另有两个小细节。一是达瓦在开饭前下车用奶和酒祭了寺；二是从我们开吃时就有只大狗蹲在车旁，等我们喂食，细看下，车场周围还有好几条，都是在等食，走时大舅哥还喂了它们面包和馅饼。

酒足饭饱，开始爬山拜寺。这座寺名叫"观音寺"，夏季开放，冬季封闭，此时喇嘛会搬去他处过冬。长长的甬道右侧有一排牌子，上面有编号、图画和难懂的经文。

▲ 观音寺正门

我问夫妻俩是否信佛教，达瓦夫人说信，达瓦说虽不信教但俸风俗，从善如流。

甬道头有一处亭子，中间有个大经筒，上面有个罗盘，写了150个编号，原来是算命用的，根据编号寻找甬道右侧的牌子看经文，很有创意。

过了亭子向右行，可以看到左手山上有岩画，是佛教徽记"卍"。不远就有一座般若桥，是铁索桥，上铺木板，大舅哥说桥下源头有泉水。过了桥，就来到主殿，陡高的台阶，分若干段，共108阶。

抬头看到山梁石上有秃鹫正在盘旋，回头向下看，左右环抱，一览无余。极目远眺，视野不断开阔延展开去，好似俯瞰大地。

主殿为典型中式飞檐，配有藏式白墙，上锁，没能进去，但四周的围栏上塑造的佛塔中间都有个小银佛，很有特点，依墙是一圈转经筒。

主殿左侧50米处，有个开放的小殿，10余平方米，中间有个苦行僧石像，右侧有一对佛足石印，墙上挂着三幅菩萨唐卡画像。

落日余晖，打道回府。夕阳将寺后的山梁分成上明下暗两部分，其中，上半部黄光耀眼，好似金顶一般。

▲ 甬道上带号的牌子

One cannot easily follow the highest path of Buddha when one cannot follow the basic ethics of life.

Энэ цагийн хувирлаа гэж
Эгэл хүмүүний ёс журмаг замд
явахгүй байхад
Эрхэм дээд бурханы ном ёсоор
Эгнэгт явна гэдэг, ээ дээ юу л бол

▲ 第110号牌子

▼ 数字罗盘

► 带有数字罗盘的转经亭

▲ 般若渡桥

▶ 站在主殿门口回望山门

▲ 正殿前的108阶

▲ 观音寺全景

▲ 落日余晖分割的后山

　　回来时路过纳赖赫，放下大舅哥，在达瓦岳母开的小饭店里喝了杯奶茶，最后花了大约40分钟返回城。为表谢意，我们邀请夫妻俩在阿奴金饭店吃了中国菜，借一杯青岛啤酒的清冽，为一天的惬意之旅画上句号。

阿迪雅老师

新年回来后，乌兰和宝音图都有课，因此从1月5日开始安排了一位新老师。

新老师名叫阿迪雅，是一位50多岁的女老师，之前在中心40周年庆祝活动中见到过。她也是去年9月份才到学校来上班的，以前在Sky Tel中心对面的少年宫任老师。

阿迪雅是俄语老师，但他曾在35岁（1997年）时去过日本留学。留学时和22名各国留学生住在同一栋宿舍楼内，但没有中国留学生，因为中国留学生都住在外面。阿迪雅在北京大学有位朋友，是与她一同留日的同学，在北京款待过她，她表示很是想念。阿迪雅讲了个留学时的故事，说有一天突然发现食堂里变安静了，原来是中国留学生都毕业回国了，国人饱含激情的餐厅文化果然令人印象深刻。

阿迪雅住在3-4小区，离学校很远，因此总喜欢带一些早餐来校，像面包片、沙拉、火腿肠、奶茶、日本汤之类的。崇尚日本文化的她很乐于分享日本即冲即饮的海带汤，我想着不尝有失敬之意，因此就用杯冲泡了一袋喝，很鲜。但我对另外一种日本酱汤味道不太适应，总觉得味道怪怪的。

阿迪雅很注重仪表，妆容很重，衣服也得体。

她有4个孩子，最小的儿子正在蒙俄边境当边防军。女儿们都30岁了还没结婚，不过她尊重女儿的选择，认为这是她们的私事。

阿迪雅老师强调自己有许多朋友，日本的，中国的，蒙古的……关于换驾驶本、找钢琴老师等问题，她总是随手就抄起电话给认识的人打电话询问，十分乐于助人。

阿迪雅老师很随和，从第一天上课开始就问我们的家庭情况，妻子在哪儿工作、孩子多大了……她有一个小红本，一些重要信息都会及时记到本子上。

她还会写几个汉字，这与她学习日文有关。

但有些时候，我们问一些政治性问题时，她就回避了，总是说不知道。

代课老师——扎布

1月8日，阿迪雅老师有事，临时请扎布老师来代课。

扎布是英语老师，和阿迪雅同住在3-4小区，很近，经常一起吃饭，便混得很熟，因此叫她代课。

虽说是代课，但授课内容是计划好的谚语。扎布对此做了充足的准备，让我们泛读了一篇课文，并互提问题。为巩固授课内容，还做了猜谜游戏——一人形容，但不能出现相同词，另一人猜。作业则是一份有关IQ测试的试卷。

和汉语班学员打篮球

1月9日，汉语班学员借到了学校的室内体育教室，叫上我们一起打篮球。下午，小潘就上了一个半小时的课，我们2点半就在教室换好衣服，去二楼南侧的室内体育室了。

这个体育教室占了二楼和三楼两层，正好有一个篮球场大，平时各学员队在这儿上体育课。门口有个器材室，存着垫子、杆子、球、哑铃等器具，另外靠里面房顶上悬下两根粗绳，练攀爬用的。当天有几个短跑学员在练习，有个双杠也放在外面。

我们一共凑了三组。我和达瓦、胡日乐巴特尔、恩赫其其格一组。

楚龙、噶尔丹他们几个个高的一组。他们在第一轮就被我们拿下。

阿拉坦思琴和冈卓力格几个人一组。阿拉坦思琴令人意外，她打得很好，投篮、跑位、盯防，十分积极。冈卓力格个子不高，却是最好的控球后卫，能突能控，因此他们组很能拼。

我们打了两个多小时，之后还踢了会儿毽球，用汉语数数踢，之后改为看图念汉字踢，最后楚龙还表演了一套双杠动作。年轻就是任性呀！

我的俄国钢琴启蒙老师

来蒙之后，我所有的精力全部投入到蒙语的学习之中，半天授课，半天写作业，结结实实地当回了学子。早上8点多出门，晚上快6点进屋，饭后看新闻也像在上晚自习，时常看着看着就累得睡着了，脑力劳动确实十分耗神。

功夫不负有心人，几个月的努力下来，蒙语大为长进。好似突然开窍一般，单词、口语发生了质变。也曾听到别人谈及自己留学经历时说，第一学期很难，挺过去就豁然开朗，我的感觉亦是如此。

刀磨得差不多了，也得砍砍柴了。读万卷书之后就应该行万里路不是？于是我打算圆自己一个钢琴梦，在蒙古拜师学钢琴。

学校里有一个音乐学院，就在文化中心二楼，我们吃午饭之处的楼上。我托阿迪雅老师帮忙请了一位音乐老师教钢琴。阿迪雅老师就通过音乐学院院长蒙赫找了位钢琴老师，是位俄国老太太。

1月22日下午3点，我和阿迪雅老师来到音乐学院见钢琴老师，这也是我第一次细细打量这里。学院就一层，教室、办公室只有七八间。茶餐厅一侧的玻璃木门就是音乐学院的入口，木门上挂着牌子，正对的楼梯墙上是院徽。走上楼梯，正对的墙上是荣誉墙，满是奖杯、奖牌。楼道两侧挂着老照片，还有历任校长的照片。我们在一间十多平方米的小教室里等老师，教室里有一架立式钢琴，有点年头了。

校长很热情，帮着打电话催请。等待期间，他还领我们浏览了走廊里的照片。此时我才发现，大多数照片里都有蒙赫，其中一张居然是他19岁时的样子，风华正茂。现在他却是个秃顶的老头了。

不一会儿俄国老师来了。她叫努德娃，看着50多岁，金色头发，瘦瘦的脸上，浓妆掩着皱纹，说话声不大，语速也不慢。她老公一同来了，他是个蒙古人，个子不高，也在音乐学院教学。他们还有一个儿子，在莫斯科上学，学的居然是中文。

校长帮着协调好了学费，每月15万图，一周两节课，周二、周五下午三点到四点，地点就在这间钢琴教室里。学费合人民币50元一小时，是我家丫头钢琴课费用的四分之一，我爽快地交了。

努德娃能听懂一点蒙语，但口语不行，还不会汉语，而我的俄语都快还给老师了，于是问题来了，语言不通怎么教呀。阿迪雅老师暂时当翻译，一个劲儿地让我别担心，努德娃也表示，"我们可以用音乐语言交流"。对呀，音乐是无国界的。

当天，我们就开了第一课，老太太做了一些要求，如要剪手指甲，准备铅笔和本子，等等。她先介绍了钢琴键盘，指出每个do在哪儿，然后教了两个指头、三个指头、四个指头同时按键的指法等。

我说，我想学会《卡农》这首曲子，她表示要从识谱开始。因为这样的话，以后就可以自学各种曲子了。她会努力教我的。

实在没想到，我的第一位钢琴老师居然是位纯老外，而且我也是在蒙古迈开漫步艺术殿堂的第一步，实在令人玩味。

在蒙古第一次游泳——乌兰巴托中心游泳馆

来蒙古后，由于天气一天天变冷，加上学业繁重，一直没有机会到外面进行日常锻炼。随着环境的适应、学业的进步，更重要的是减肥的需要，我突然心血来潮想游泳了。一打听，乌兰巴托居然有四五家冬天也营业的室内游泳馆。

1月22日，学完钢琴，我就到距离住处最近的乌兰巴托中心游泳馆小游了一下。

乌兰巴托中心游泳馆也是蒙古水上运动训练中心，它位于敦德河西岸，紧挨着乌兰巴托音乐厅。从外面看就像个大体育馆。

进门是正厅，有室内健身房、理发店和茶餐厅，门口左侧是存大衣的地方。

蒙古游泳同中国不太一样，是按次数计。一次一小时，单买票8千图，月票6万4千图，十场，没有教练。用教练1小时再加1千图。

我在用品店买了泳裤、帽子和一个带度数的泳镜，一共3万9千图。存上大衣和鞋子，进入更衣室，大约200个柜子。一帮孩子换完衣服正要走。用品店老板娘知道我第一次来，便叫了个女服务员引导我存东西，令人吃惊的是，她居然也随我一同进入男更衣室，还好小伙子们都穿着衣服。

换好衣服，穿过淋浴室，来到了泳池。

泳池大约50米长，20米宽，南端居然有跳台，这一端的水深大约5米多，另一端大约2米。

东侧有个茶餐厅，透过大玻璃可以直接观赏泳池。西侧几条泳道，一群孩子正在训练，一个教练拿着秒表站在南端跳台一侧，孩子们两人一组，进行着竞速比赛，有蛙泳、自由泳。

一个工作人员接了票，安排我在第二泳道游，除了我和那帮孩子们，只有3个人在散游。

泳池的水温26度，水质很好，没有异味，也没有消毒水的味道。岸边有三个教练兼救生员，一名医生。泳池光线不强不弱，带度数的泳镜感觉很合适。

不足之处就是瓷砖和墙壁以及其他附属设施，明显老旧了，泳道头的脚踏板是铁质的，同存衣柜一样，略有损坏。

下水后，我100米连续游，一直游到铃响，这一次一共游了七八百米吧，不太累，并且很舒服，毕竟好久没游了。

冲澡的时候很有趣，进来的时候看到已经游完的孩子在淋浴室冲澡，都穿着泳衣冲，我以为他们是为了偷懒。而当我拿着洗漱用品准备冲澡的时候，看到浴室的墙上赫然写着"请不要脱泳衣"，只能入乡随俗，穿着洗了。

在更衣室刚换上外衣，后背就传来女医生的声音，问上一场的人都出来没。蒙古男女不避嫌的地方比中国又多一处，看来穿衣洗澡十分有必要。

过雪节

1月24日，学校组织全体教职员工去乌兰巴托北面的"和平中心"度假村过"雪节"。

9点，教职员工分乘3辆大巴，1辆中巴，校长则有吉普专车，一行人浩浩荡荡出发，车一出校门就各走各的，彼此分开了，首尾未能相望。

我们和外语中心的老师们在一辆车里，大约10个人。宝音图和阿迪雅都来了，乌兰没来。同车的还有管理处的几个人。当天气温很低，窗户上很快结上了霜花。司机飞快地冲过北部平房区的"烟瘴"，坐在后排座的人都像坐过山车，更别说因人多而坐在过道椅子上的了，还好路不远。

雪后的度假村别有一番景致。大、小两处巴彦山上的树林在雪地的衬托下更加立体，度假村的前后院被雪完全覆盖，没有一丝灰尘，洁白且富有质感。踩在上面，嘎吱作响。

▲ 联排度假蒙古包

下车后，几口清冽的空气深吸入肺，顿觉精神百倍。日光直射下，洁白的世界令人炫目，幸好有太阳镜遮挡。学校后勤部门已经开始布置场地了。

大家先在蒙古包内歇了歇脚、定了定神，稍坐了一会儿就跑到雪地上开始踢球。他们围成一圈互相传球，时而跌倒，时而漏球。看着球定在雪面上高速旋转，我们惬意地回味着儿时在雪地撒欢的畅快。

环顾整个度假村，人确实不少，大多是一家几口同游，他们用雪橇拖着孩子，或爬山，或漫步，有说有笑。

旁边不知哪个单位的人正在组织雪地竞赛。计时赛方式，两人结伴，先是麻袋跳，再是定点转，接着是男背女跑，最后是男方趴在雪橇上，让女方拖跑。由于都想拿到好成绩，因此速度偏快，但在雪地上行动不便，参赛者一脚深一脚浅，还不时滑倒。当时有个胖汉，跑得十分卖力，但动作不灵活，一路连滚带爬，让人想到《熊出没》里的熊二。到终点时，他居然倒地不起，做美人鱼状，引来另外两名胖汉模仿。三人在雪地上居然排起了阵型，但怎么看都不像美人鱼，倒十分像北极海岸上排躺着求偶的海豹，引得众人一顿狂笑。

我们外语中心的人在雪地里吃马肉、喝沃特加，"小黑丫"煮的马肉居然没有任何异味。大伙围站一圈，互传着马肉、薯片，不停地斟酒。站在雪地里，就着凉风，吃凉肉、喝凉酒，简直爽到极点。

约莫过了半小时，喇叭里传来了集合命令。全校六个单位，加上后勤、管理处等部门总共100多人终于在中央舞台聚齐了，按单位部门分站了一圈。主持人宣布雪节庆祝活动开始，校长致辞，当天他一身运动装，但短款羽绒服让他的大圆肚子更明显了。

第一项活动就是跳舞比赛，各单位出一队代表，随着音乐的变换，不停地转换舞种，华尔兹、恰恰、伦巴，还有哈萨克舞。参赛者老少皆有，敬业异常，却因舞种迥异、手忙脚乱引来笑声一片。不时有参赛者被裁判推出场外，留到最后的那队获胜。

接下来是雪地拔河比赛，也是一个单位出一队代表，5男3女。有别于一般的拔河比赛，雪地拔河大多以一队躺倒、被拖过去为结束。有趣的是，躺倒的一队竟不松手，似乎十分享受在雪地里被拖拽的感觉，犹如儿时那样享受雪花飘落带来的快乐。

雪地相扑的游戏是个人自己报名参加，分男女赛，抽签决定对阵。比赛开始前，主管后勤的副校长带头演示了一下，他的准备动作像模像样，以雪代盐，还像狮子一样大吼一声，气势十足，不过最后还是被另一个稍微瘦些的人给推出去了。

女子相扑，我倒是第一次看，比男子比赛有意思。技巧加蛮力，基本是笑着看完的。

此次活动有个亮点——当天没有聚餐。食堂的人用野外炊具带来了馅饼和酸奶子，利用活动间隙，在舞池旁边的长椅上现场售卖。我们请宝音图、巴特哈斯一家补充了一下"能量"，当天也头次见到巴特哈斯的女儿。小家伙被裹成了粽子，就剩眼前一条缝，露出一对清澈的凤眼。

▲ 雪地竞赛

▼ 露天舞会

▲ 跳舞比赛

▼ 女相扑手

之后是自由活动时间，有踢足球的，散步的，还有在蒙古包里喝大酒的，我们利用此时征服了北侧的小巴彦山。

山腰下的松林很密，树的直径都不是很粗，但却很高。我努力找到了一棵最粗的树，并且在树根处居然找到了一个杯口大小的树洞，洞口明显有碎枝，看来有主人，十有八九是松鼠。

穿行在密林中，能听到林外的笑声，但却看不到人，越走海拔越高，林子越来越密。来到面南陡坡下，此处岩石裸露，出现空场，继续攀岩而上。抵达山顶时发现，山峰处居然有一个木敖包，哈达环抱。此时回首北望，整个营落尽收眼底，大巴彦遍披绿松，安静祥和。极目远眺，群山脚下九曲回肠的来路，烟雾缭绕的远村，落日余晖，如画美景挑动心弦，如痴似醉。

等我们打道回府的时候，天已经黑透了，夜间坐来时的"过山车"居然也没影响部分人的酣梦。

▲ 小巴彦山坡

▲ 雪林

▼ 林中敖包

决不气馁的一个下午——逛大黑市，品法国咖啡

　　1月26日下午本来打算让巴特哈斯带路去滑雪。驱车30分钟，来到博格多山上的滑雪场，那天雪场居然休息，我们便临时决定去纳赖赫的一处度假村逛逛。

　　又开了近20分钟，到达后发现他们也在休息，我们便只能在外面照照相。白墙围起的一处典型的中国式建筑院落，看上去很像庙宇。我们登上对面的山坡，山坡上有一处大亭子，从那儿可以鸟瞰建筑群。建筑群很大，有饭店、蒙古包，还有儿童游乐设施，典型的度假地。但是当天实在运气不好，天又冷，只匆匆照了几张相就下山返回了。

▼ 城东的度假酒店

路过大黑市的时候，巴特哈斯想为学校准备几份出国礼品，于是建议逛一逛。早就耳闻这里小偷横行，不过有巴特哈斯，相信没问题。我们把车停在Sunday步行过去。大黑市很像国内的露天集市，是购买便宜商品的地方，东西有真有假，有吃穿住用行各类商品，大到地毯，小到牙签，琳琅满目，一应俱全。特别的地方是有卖马具的，还有卖古玩的。本想买个帽子，但没有看到合适的，最后却淘到了一个四头金刚杵和两个虎头铜铃。

总觉得一下午白跑了，临时决定去看场蒙古电影。巴特哈斯用手机查了半天，也没有合适的时间段。去喝下午茶吧，找了一家店，但居然没有咖啡！不气馁，换一家！几番折腾，最终我们在住处附近的咖啡店喝到了咖啡，还吃了些甜点。

咖啡的风味很地道，典型的法国咖啡。比酒盅大不了多少的杯子里，三分之一的现磨咖啡，奇苦无比。甜品放的时间长了，外皮有点干。唉，无趣的一个下午呀！来之不易的半天的休息时间居然在奔波中白白浪费了。

去宾巴扎布家做客

宾巴扎布是Sunday的一个业户，自称三所大学法律系毕业，弃律师从商，每年多次往返海拉尔、二连浩特、北京等地。他曾通过哥们儿的朋友从中国进过货，因此与我同行哥们熟识。他1973年出生，样子方头方脑，憨厚，有点福相，在商海中折腾了16个年头，现在是个小有成绩的零售商人了。

1月26日，宾巴扎布请同行哥们到家里做客，我借光一起去，我们带了一瓶酒、一盒巧克力，又在南面的花市买了两盆花，就开车直奔宰桑山下的"富人区"。

再三电话联系后，终于在公交站终点找到了他们家小区。这是一处封闭式现代小区，建了一年，地下车库、监控、保安、绿化都很齐全。

▲ 城南"富人区"
▼ 依山而建的现代小区

▲ 成吉思汗机场附近的现代小区

▼ 建设中的高档小区

开门的是他大女儿，小女儿远远地盯着我们。

他们家装修属于典型的欧洲风格，一共120平方米，3室2卫，整体厨房。家具、酒柜、橱柜厚重得很，全是河北货。他家的房子价格换算成人民币大概9千元一平方米，在乌兰巴托绝对是高档住宅了。

午餐有两种沙拉、黄瓜培根切片、自制蒙古包子，包子的肉馅是粒状的。果汁、啤酒、沃特加、果茶、奶茶、汽水，种类齐全。

有几点令人印象深刻：

一是宾巴扎布是个好爸爸，对两个女儿十分疼爱，连抽烟都背着女儿偷偷抽，怕对女儿影响不好。

二是大女儿十三岁，在日本学校学习，十分懂事，主动照顾妹妹、洗碗、看家，全能。

三是小女儿三岁多人小鬼大，胆子大，能独自玩，会充电，会玩手机。而且听姐姐话，不哭不闹。还很有主见，走时还叫我们常来。宾巴扎布计划让她上俄国学校。

四是蒙古家常饮食确实不需要油烟机，没有一点油烟，全凉拌，十分简单。但饮品讲究，家里各式酒杯、茶碗不下50个。

五是宰桑山没有煤烟，空气比室内好多了，而且安静，怪不得条件好点的人家都在这儿住。

在蒙古滑雪——乌兰巴托滑雪场

1月29日下午，巴特哈斯没事，邀请我一起去滑雪。

驱车来到乌兰巴托东南的滑雪场，远远地就能看见从山上垂下来的滑道，两条索道分至两个山头。

▲ 城东南的滑雪场

当天人不少，基本都是年轻人，雪道上满是欢声笑语。

一个一层的大厅内，所有的设施尽收眼底。左侧是滑雪用品店、厕所和茶餐厅。正对门的是服务台，两人3万图，租衣服1万图，一共4万图，比在中国便宜多了。

右侧靠里是更衣柜和租衣服的地方，靠外是取滑雪板的地方，两个小伙子根据客人的鞋号，忙着存取滑雪板和雪杖。东西都是国际标准的，大约5成新。

全副武装后感觉还算轻巧，出门，搭上索道爬上山。

雪是人造的，很白，但感觉有点不平，我们就挑了一个还算缓一点的坡。

巴特哈斯滑得不错，但高高的个子也不哈腰，雪杖显得有点短，感觉怪怪的。

▲ 华灯下的滑雪场

回家过年

临近春节，思乡之情渐浓，于是我们在学校放假的2月7日—28日间，决定回国过年。之前做了大量的回家准备——采购了大批蒙古本地物产，主要是羊绒制品和纪念品。

通过使馆买的国航5折机票，往返2400元人民币，巴特哈斯送机。在机场的免税店又给老爸添了两瓶金成吉思汗酒，一铁盒的蒙古烟。

阔别半年，我回来了，祖国！

……

不能不提的蒙古羊绒

说到蒙古的羊绒制品，给人的感觉绝对是惊喜。由于羊群存栏量巨大，使得蒙古的羊绒制品价格只有国内的三分之一。当地人普遍只穿羊绒衫，而羊毛大多用来制作毛毯、地毯等大件物品。蒙古最有名的羊绒服饰品牌是"戈壁"，并在城西设有工厂店，价格更优惠。帽子、围巾、绒衫、大衣一应俱全，时装款式也很新颖，并富有民族特色。买！必须的！

▼"戈壁"工厂店——物美价廉的羊绒制品

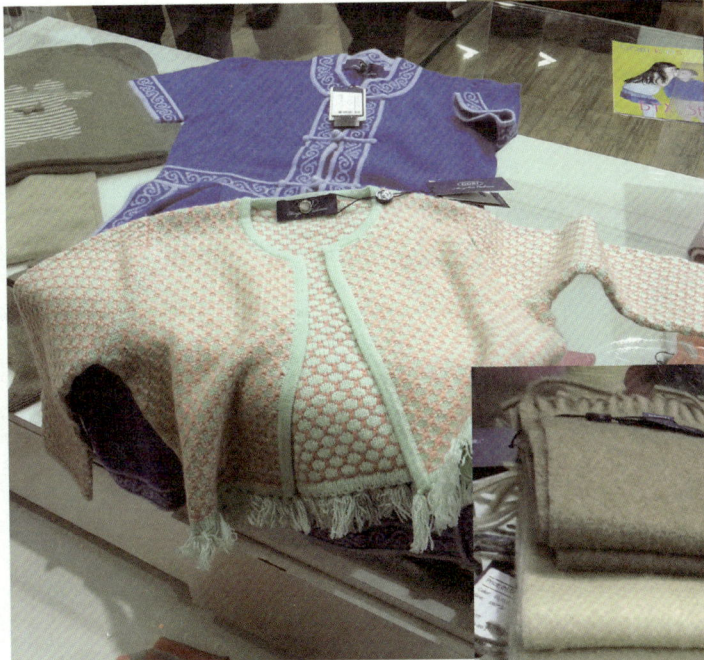

▲ 戈壁工厂店里的羊绒时装表演

◀ 品质上层的羊绒制品

▼ 品质上层的羊绒制品2

开学了

过年假期很短暂，转眼就又开学了。

2月28日，我从中国飞回乌兰巴托，巴特哈斯接机，小潘把屋子收拾得很干净。晚饭我点的面条。

乌兰巴托，我又回来了！

3月1日，休整了一天。

3月2日，正式开学，宝音图老师还是老样子，互相问候了近况后，继续上课。

自由广场和腾吉思影院

当天下午，巴特哈斯驱车，给同行哥们办手机卡。我在腾吉思电影院等他们。腾吉思电影院坐落在自由广场的西北角。广场北面是蒙古恐龙中央博物馆，正在停业装修，原为列宁博物馆。广场有大半个足球场大，中间竖着纪念碑，顶端有日、月、火造型。

腾吉思电影院正在上映中国正月初一上映的《狼图腾》，内蒙古翻译的。由于涉及蒙古族题材，所以引进得很快，并且女主是蒙古著名演员，影响力可见一斑。坐在大厅里看着纪录片，回想在中国看该片时的情景，有种穿越的感觉。很想和左右的蒙古百姓交流一下，告诉他们我们是如何体味到"没了"，才知道什么是"没了"；我们现在是如何搞环保的，全民的环保意识是如何提到现在这种高度的。

▲ 腾吉思电影院
◀ 自由广场
▼ 正在上映《狼图腾》

和老师补吃年饭

　　3月3日，邀请宝音图、乌兰和阿迪雅在阿奴金饭店吃饭，算是补上年饭。阿迪雅有事没来，乌兰来得稍晚一点。宝音图把儿子达希尼姆带来了，小家伙虎头虎脑，喜欢喝苏打水。席间我们聊了聊中蒙过年的差别。

　　蒙古正月主要是休息，休息3天，由于并不是那边最大的节日，因此不会像我们似的出现万人空巷的景象。不放鞭炮，主要是吃boov（饽饽）、包子和整块的羊肉。

▲ 春节普通蒙古人家都要摆设的待客美食

欢乐的三八妇女节

蒙古很重视三八妇女节，外语中心今年搞了一次庆祝活动。以"选美"的方式取悦全体女老师和女生，只不过这些参加"选美"的是各班男扮女装的男生。

具体方式是各班选出一名男学员，女生会对其细心打扮一番，妆容、衣着、首饰齐全。

汉语班最终选了冈卓力格，恩赫其其格、阿拉坦思琴带来了衣服、首饰，提前给冈卓力格打扮起来。

原定下午3点开始，结果4点多才开始，地点在室内体育教室。各班围坐成一个舞台，舞台中央用地毯铺成了一个T台形状。中心主任、"大眼妹"和另一个老师当评委。

随着各班选手的入场，引发一阵阵狂笑声。

比赛环节很丰富，唱歌、答题、综合表演、T台秀、竞速换衣……各队选手各有千秋，相互间还保密，热闹得很。

俄语班的情景剧、英语班全班表演的白天鹅芭蕾十分有特点。乌兰法语班的选手十分能"作"，金色假发，飞吻频发，引来狂笑。

恩赫其其格献歌《雨蝶》，嗓子好极了。格日勒、阿拉坦思琴、恩赫其其格陪冈卓力格跳的迪斯科也十分卖力。

最后俄语班第一，英语班第二，法语班第三。

如此地"作"，蒙古的开放自由可见一斑。

在蒙古国待的久了就能感受到母亲在每个蒙古人心中的重要地位。母亲是孕育我们生命并养育我们，给予我们依靠的人。与此同时，陪伴自己长大的姐妹带给自己的温柔关爱是每个蒙古人最不舍的儿时记忆。在她们的节日里纵情"放肆一下"以换取她们的快乐，有何不可。

▲ 搞笑版T台秀
▶ 令人捧腹的舞台剧
▼ 妖艳的妆容只为女
士们特别节日的欢乐

▲ "可怕"的八小天鹅

　　3月8日当天，满街的玫瑰花，巴彦朱尔赫中心市场又出现了蛋糕，Minii超市也在搞打折活动。妇女节如同元旦一样受到重视。

　　当天我们去了小潘他们家，主要是见见小潘帮我重新联系的钢琴辅导老师小高。我们入乡随俗，带了蛋糕和红酒给小高他们。小高把此前俄国老师讲的东西给我用汉语又讲了一遍，并确定了下一步的学习重点——标谱、借电子琴天天练。

"戈壁狼"防灾演练

　　3月26日，蒙古举行戈壁狼防灾演练。当天正在教室里上自习，突然外面警报声不断，警车满大街跑，原来是防灾演练。所有的学校、企业、政府机关都参加了演练，楼下的84中学和122幼儿园也井然有序地搞了疏散演练。我们学校方面却没动静。

　　晚上看电视，发现演练的阵势还是比较大的。成吉思汗广场上站满了参加演习的队列，所有人都在头顶上放了个本子之类的东西，暂做防护用具，象征意义大于实际作用。

第一次进摔跤馆看表演

4月1日是愚人节，但在蒙语翻译中却成了微笑的节日。汉语学员们知道这是个可以"骗人"的节日，但都表现得很内敛，也许不知道如何"骗人"。

当天摔跤馆举行大型文艺表演，请了许多明星大腕，可惜我不认识。票面2万图，我们花1万图买了打折票，第一次走进每天路过的摔跤馆。

乌兰巴托摔跤馆是个圆形建筑，有三层楼高，像个大蒙古包，正门朝北，其他三面没有小门。摔跤馆内空间按照西里尔字母把座席分成了几个大分区。内场呈圆形，四周全是座席，舞台正对转播席。我们买的N区，位置还挺正。演出比较有亮点的是有小品、单人搞笑节目。但感觉我的反应有点慢，笑得总是不及时。演出大约3个小时，看到晚上10点多。

▲ 乌兰巴托摔跤馆

▲ 乌兰巴托另一处蒙古包型建筑——杂技馆

2015 年的第一场雪

　　前两天还风和日丽，4月4日早上一拉开窗帘，好大的雪呀！憋了一冬，乌兰巴托终于迎来2015年的第一场雪。因为有风，天空白茫茫的一片，比去年来乌兰巴托后遇上的第一场雪大多了！那场雪下完就化了，像下雨，房檐水流成线，一片哗啦哗啦声。

　　4日的积雪有10厘米厚，气温一下由0摄氏度降为零下20摄氏度，冬天又杀了个回马枪。打开阳台门，北风立即给脸戴上了硬面罩，深呼一口气，清冽入腹，这才是乌兰巴托的冷嘛。

　　开春的雪很洁白，空气也好极了，同时它也在提醒我，别低估了乌兰巴托的冷，乌兰巴托的冬天没那么快走开。

▲ 乌兰巴托的大雪

▶ 厚厚积雪

第一次吃到"豪日赫格"

汉语班学员将于5月9日毕业，在此之前，班长达瓦组织了一次郊游活动，蒙语直译就是"去农村"。每个人收5万图，租了一辆现代面包车，所有的食物集中采备。

4月24日早上，我们在乌兰华楞车站集合，原定的8点30分，我们按时到达，果然又是第一名，大约十分钟后，陆续有人来了。大家全部是运动装备。

对他们来说去农村很平常，但是对于我们来说却是第一次，更令人期待的是将吃到久闻的"豪日赫格"——石头烤肉。

胡日乐巴特尔、恩赫其其格在路上等，格日勒有事没来。9点多，人聚齐了，出发，目标纳赖赫东北。

先是去警察学校边上的恩赫其其格家取吃的，他们头一天已经买好了羊肉、蔬菜、水果、饮料，当然还有酒。另外，还带了排球、足球、扑克等娱乐用品。

往东行，在纳赖赫接上了胡日乐巴特尔，我们下车休息，抽根烟。

再次上路的时候，胡日德楚龙就开始发酒了。两个纸杯，一个放酒，一个放饮料，轮着给大家发酒喝。虽是同班同学，但还是遵循长幼之序。为表示尊敬，班长达瓦和我们两个留学生总是先喝，然后是其他人，再依次轮着喝，一口酒，一口饮料，一杯一杯地喝，间歇浏览车窗外的风景。他们解释喝饮料是为了压酒的呛劲，但似乎喝酒之后再喝带汽的饮料更容易醉。

初春的蒙古大地，还未见到绿色，右面不远处的博格多山却也不显苍凉，山上团簇的树林伏在山坡上，不经意看有点像云的影子。

过了纳赖赫平房区进入山间谷地，两侧是巴彦朱尔赫山脉。这次走的道是在上次达瓦带我们去的龟石北面的谷地，两侧的坡上开始出现羊群和牛群，数量不是很多，都是周边住户的。背风的山脚开始出现漂亮的小房子和蒙古包，都叫"休息的地方"，类似我们的农家院。

▲ 初春的蒙古大地祥和一片
▼ 春季的蒙古大地还没见小草

▲ 等待雨水的植被

▲ 牧户家的板房

▶ 洁白的蒙古包

开了一个小时，我们在一户人家院里停了会儿。达瓦租借了锅具，其实就是中国的铝制牛奶桶。进屋后，主人给我们上了奶茶、奶食，还有必不可少的糖。我问达瓦，要不要付钱，他说他们这儿的牧户都是热心人，对过路的客人都提供免费的奶茶，不用给钱。我打量了一下这间砖制平房，大约六七十平方米，一圈沙发和床，靠屋子的最里角有个类似佛龛的陈设，彩绘的小柜子，上面摆着酥油灯、蜡台、香炉等佛教供器。正上方是个玻璃镜框，镶着一幅佛像唐卡。

大约休息了15分钟，再次上车。这回向前面开了10多分钟，达瓦决定在一处灌木地带的边上"扎营"，垒石筑灶，生火煮茶，大伙儿找了几块大的石头做灶围，用小干树枝燃火，此时，冈卓力格几个人从旁边住户那拿来了两麻袋干牛粪、一袋子柴火和半袋子鹅卵石。

把铁锅坐上灶，开始烧水，放入茶叶——打碎的砖茶。恩赫其其格负责煮茶，水开后倒入牛奶继续煮，之后再倒入袋装的类似炒米的谷物。阿拉坦思琴把食材码在一块毛毯垫子上，开始切香肠、削土豆，布置餐席。

茶煮好后，端下铁锅，往火堆里填干牛粪，并把鹅卵石置于火堆中炙烤，开始为做"豪日赫格"做准备。

烤石头的时候，大家围坐在餐席边，喝茶、吃面包夹香肠……这时，旁边的住户大娘也过来了，带了一大碗牦牛的酸奶油块。茶喝饱的时候，我们就开始烤肉了。

司机大哥是个行家，先在锅里放了一升水，加入洋葱和调料，然后放肉。肉已经被分割好了，带骨头的鲜羊肉依据骨节被拆成巴掌大小，主要是羊腿肉、肩胛骨、肋骨这种带骨的大块整肉。此时的石头是从火堆里扒出来的，黑乎乎的，放一层肉，放一层石头。说是一层一层，其实是同时一个一个放的。每放一块石头，就听见里面"刺啦刺啦"地响，此时间或补上几次盐。司机大哥在锅盖下面垫了个麻袋，每放一块肉或石头都单独开一次盖，目的就是减少热气跑掉。当肉和石头放完后，就在上面放大块的土豆、卷心菜和葱。之后就是用铁丝将牛奶桶口的把手封好，再在火堆里填上一层柴火和牛粪，然后把封好的牛奶桶坐在火堆上。

▲ 奶桶被当成高压锅用于制作"豪日赫格"

◀ 火上的闷罐

等待烤肉的间隙，就是新的一轮喝酒。酒过三巡，我和达瓦来到临近的住户家里喝茶。原来大娘是司机大哥的老丈母娘。和刚才歇脚的住户一样，她家地上也铺着地毯，一张单人床和沙发，靠里角是佛龛，陈设大体相同，不过相框里放了张绿度母的像和大娘父亲的像。

大娘家里还有个"长工"老哥，负责牧活，她家一共养了35头牦牛，今年下了10多头小牦牛，其中一只黑白相间的刚出生才两天。这10多头小牦牛被圈在圈里，不能出去。老哥人很朴实，带我进圈抱了抱小牛。这时，不远处大围栏外传来了阵阵哞哞声，大娘解释，那是小牛的母亲，看我们抱她的孩子生气了。于是我赶紧放开它，免得牛妈妈担心。母牛的护犊情结很重，即使在不喂奶时被人为分开，母牛仍时刻守护在大围栏旁，低头吃草时也用余光看着圈内的小牛。

▶ 毛茸茸的小牛
▶ 舐犊情深

勘察好宴席场地后，返回石头烤肉处（两地大约300多米，但隔着个大院子，需绕到院门口），此时火势变温和了，我走近牛奶桶听了一下，里面传出烤肉时常有的吱吱声，再站在下风向一闻，确实不俗，味道香极了。

　　收拾餐席，转场室内。牛奶桶被打开了，里面黑黢黢的。胡日德巴特尔开始往外取肉，一盆放肉，一盆放石头。他们递给我一块黑油油的石头叫我左右手倒换着把玩，说对身体有好处，大家边把玩着，边等吃……

　　差不多取够了，一堆人开始坐在屋地上啃肉，恩赫其其格分发酸黄瓜和辣白菜。阿拉坦思琴递给了我一块肉，说是羊小腿。样子很大，像后大腿。肉干干的，颜色有点发黑，因为部分蔬菜烤过了头，但这种焦煳感同中国的烧烤正相当。屋内，每个人都陶醉在大快朵颐的畅快中，手抓骨头大口啃肉的原始吃法确实能激发人的食欲，肉质新鲜加之炙烤入里，使得羊肉没有任何膻腻，散发出纯天然的香气。

◀ 扎堆的小牛

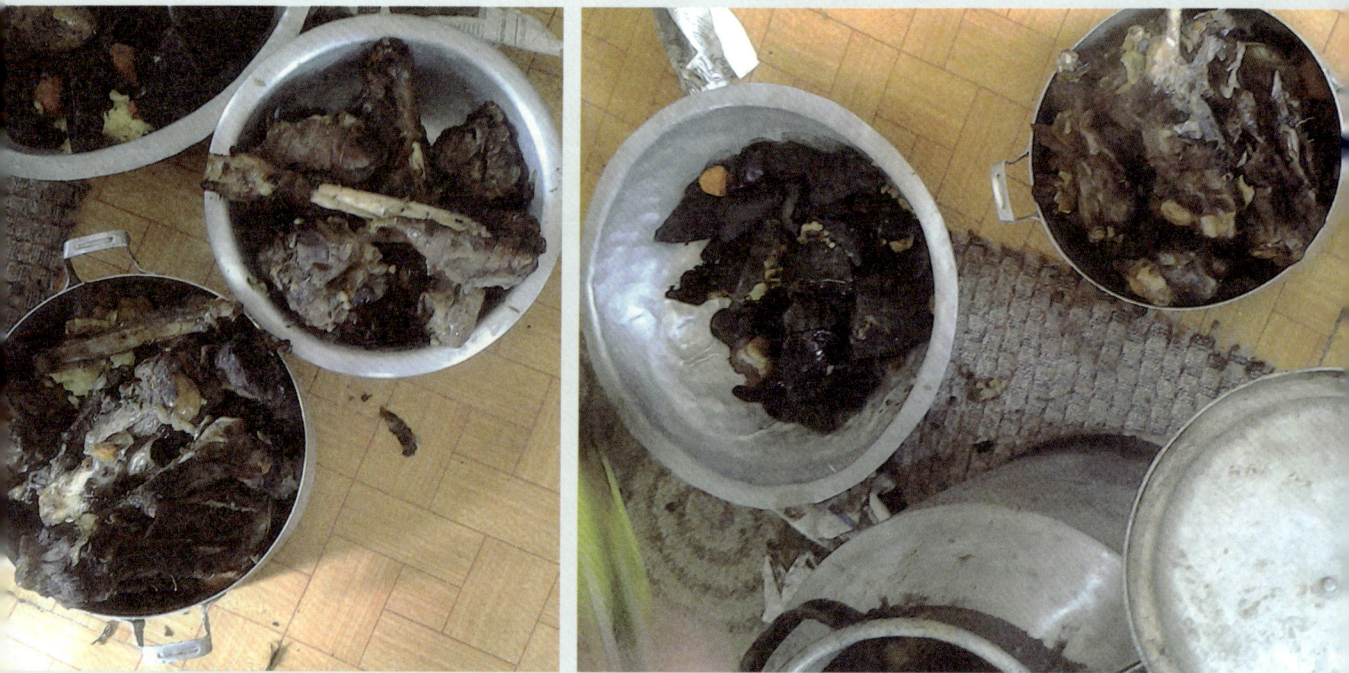

▲ "豪日赫格"

　　吃完烤肉，大伙儿围在地上喝酒、玩牌。玩的方法是每人四张牌，挑不成对的给下家，同时给，谁先凑齐，谁摸自己脸上的一个部位，其他人发现后要尽快效仿这个动作，最晚的那个人被惩罚喝酒。一般先凑齐的总是悄悄地摸，先看到的也悄悄地模仿，尽量不被发现，致使有的人直到大家开始狂笑时还皱眉盯着自己手中的牌，盘算下一轮传哪一张，恍然间发现自己成为众人的焦点，目睹对方此时惊愕的表情才是游戏的笑点所在。还好我没输过。

　　此后，他们开始玩一种类似赌博的玩法，十分晦涩难懂，于是我便到室外看风景。山间谷地，风小安详，牛群晚归。大栅栏内，母牛开始给小牛喂奶。待小牛被喂饱之后，抱住一只小牛照照相，很有意思。

　　在与老大娘聊天中获悉，她最小的儿子叫巴彦扎尔格勒，和我的蒙古名同名，是富足幸福之意。因而，她也成了我的"老额吉"。她会抽烟，攀谈中了解到，她曾去中国旅游过，有个女儿会讲韩语。她邀请我待母牛产奶的时候再来吃新鲜的奶食。还锅时我们还骑了马，离开时已经晚上8点多了，车里人酒意未散……

　　快乐的一整天。

第一次旁听蒙古本科生上课

这周本来计划由科学院的钦巴给我们上历史课，可是由于没有协调好，4月28日，宝音图老师安排我们旁听他在工程学院的蒙文课。

工程学院的楼很旧，典型的20世纪六七十年代红砖楼，台阶被漆上淡蓝色，有些磨损，但打扫得很干净，保洁大姐居然蹲下用抹布擦台阶，爱美之心昭然。

教室在工程学院410。全班23人，都是十八九岁的小孩，男女生对开。宝音图老师上课的感觉和给我们上课时差不多。没有课本，教什么他自由发挥。

宝音图进教室时，女班长喊全体起立，宝音图问，都好吗，统一回"好"。然后是点名，我们进门时也能受此待遇。孩子们对我们十分好奇，也很尊敬。课堂上气氛轻松、自由，宝音图很擅于调动学生的积极性，抛出个问题，然后小眼睛四下瞄，看正确答案出自谁的口中。

课间休息的时候，我同这帮孩子交流。他们都是一年级的新生，宝音图的课只上三周就算结课了，并且都是半天课，因而有大把的自由时间可以用来复习备考。

令我感到惊奇的是，班上居然有个挺着大肚子的孕妇。女孩刚21岁，是班级里年龄最大的一位。宝音图老师说，蒙古女孩子成年后就可以生孩子了，大学生如果生产还给1年的产假，生完娃后接着上学。人们对女孩子十八九岁生孩子已经习以为常，牧区还有十六七岁生产的妈妈，蒙古生育早的问题由此可见一斑。漠北苦寒，人丁凋敝，添丁一直是漠北的头等难题，早孕的准妈妈孕育的是希望，理应在这里收获祝福与尊崇。

课间休息的交谈缩短了我们与学生的距离。他们对中国十分好奇，对我们的了解远少于我们对他们的了解，仿佛中国是一个遥远的国度。他们只知道除夕和筷子，祖辈的记忆和习俗在这一代人身上只留下这几个字眼，强烈的陌生感让人唏嘘。

种下友谊树

早就计划种棵树，算是给学校留个纪念。巴特哈斯找了好几次树，最后竟然用火车从色楞格省运来了4棵松树，我们选了两棵好看的。10万图一棵，不便宜。

4月29日，巴特哈斯安排园丁在国旗台旁挖了两个坑，引来了水管。

我们邀请宝音图和我们一起种下这两棵松树。其间留了影。其余的两棵种在了第一教学楼旁，就在我们上课的主楼下的院子里，天天抽烟都能见到的地方。

种下树木，福殷滋长。希望这四棵树能够万年长青！

汉语班结业典礼

5月8日，终于到了汉语班结业的日子。外语中心为同时毕业的汉语班、德语班、朝语班、法语班、土耳其语班举行毕业典礼，地点在文化中心大礼堂。外语中心代理主任加上教务处的一个副主任出席了活动，规格不是很高。原定9点开始，但推到10点多，人都没来齐。

坐在座位上，看着一个一个班、一个一个人上去取毕业证书。直到快上台，达瓦才来。但冈卓力格、恩赫宝音还没来，阿拉坦思琴家里有事也没来。哎，一起待了7个月，不舍心情开始发芽。

颁发完毕业证，就是各班给老师献花，外语中心还额外奖励了小潘和玛丽两名外教，又看见老朴，聊了几句闲话。之后就是游戏环节，一人戴耳机，一人说单词，戴耳机的猜单词，其间闹出了很多笑话。

活动结束后，全班提前返回教室。恩赫其其格去制作毕业册，其他人在正门口的壁画墙合影，拍了很多照片作为留念，大家都有点不舍。

蒙古的五九胜利日庆典

　　5月9日是俄罗斯的卫国战争胜利日，每年都举行阅兵仪式，深受俄罗斯影响的蒙古也有庆祝活动。今年五九胜利日，蒙古在乌兰巴托广场也举行了仪式，俄罗斯使馆赞助的。广场南侧搭了个舞台，大屏幕上放着宣传片，两侧是帐篷和旧军车展。许多蒙古老人来到广场观看演出。

▲ 成吉思汗广场上的胜利日庆典

▲ 旧军车展

大约15时，仪式开始，俄罗斯、白俄罗斯、哈萨克斯坦等几个国家前使馆人员及蒙古国防部国务秘书到场讲话。接下来是表演，蒙军军乐团来了，还有演员，穿的都是军装。还见到了挂满勋章的老军人，一身荣耀，很神气，让人羡慕和崇敬。

　　因为要看俄罗斯红场阅兵式直播，我们提早回家。解放军仪仗队的方阵果然威武，蒙军的方阵也很不错。

登巴彦朱尔赫山、逛中央省省会宗莫德

　　5月10日，宝音图老师领我们社会实践，一路向东，去祭奠蒙古的军山——巴彦朱尔赫山。大地刚刚见了点绿色，到处可见饿了一冬的可怜的牛在啃刚出芽的小嫩草。

　　向东开了不到一小时，开始穿山。这里没有明显的道路，所以几次在爬坡的时候得下车，因为车爬得困难，扬起了一片片很大的尘土。

　　终于到了半山腰，下车徒步，看见远处山顶有一处大敖包。敖包的东侧有个石狮子，看着有些年头。我们爬上去，一览众山小，远眺西面的乌兰巴托。

▲ 巴彦朱尔赫山上的敖包

▼ 远眺乌兰巴托

▲ 巴彦朱尔赫山上的敖包

宝音图老师的小儿子一路跟我混熟了，没想到他怕高，上山、下山一直拉着我的手不放。

宝音图老师还给大家分了香，大家绕着敖包转了三圈，之后留影。

由于出发之前就准备了吃的，下山后便开始野餐，简单却富有漠北色彩——面包、香肠、酸黄瓜，就着啤酒往肚里送，有滋味得很。

▲ 简单而标准的野餐

下午直接去中央省省会宗莫德。向西南驱车一个多小时，途经正在建设中的迈达里大佛综合建筑体的建设场地，很快就来到了目的地。宗莫德不大，道路很安静，几乎看不到人，一水的苏式二三层小楼，感觉回到了二十世纪六七十年代。

▲ 宗莫德街头

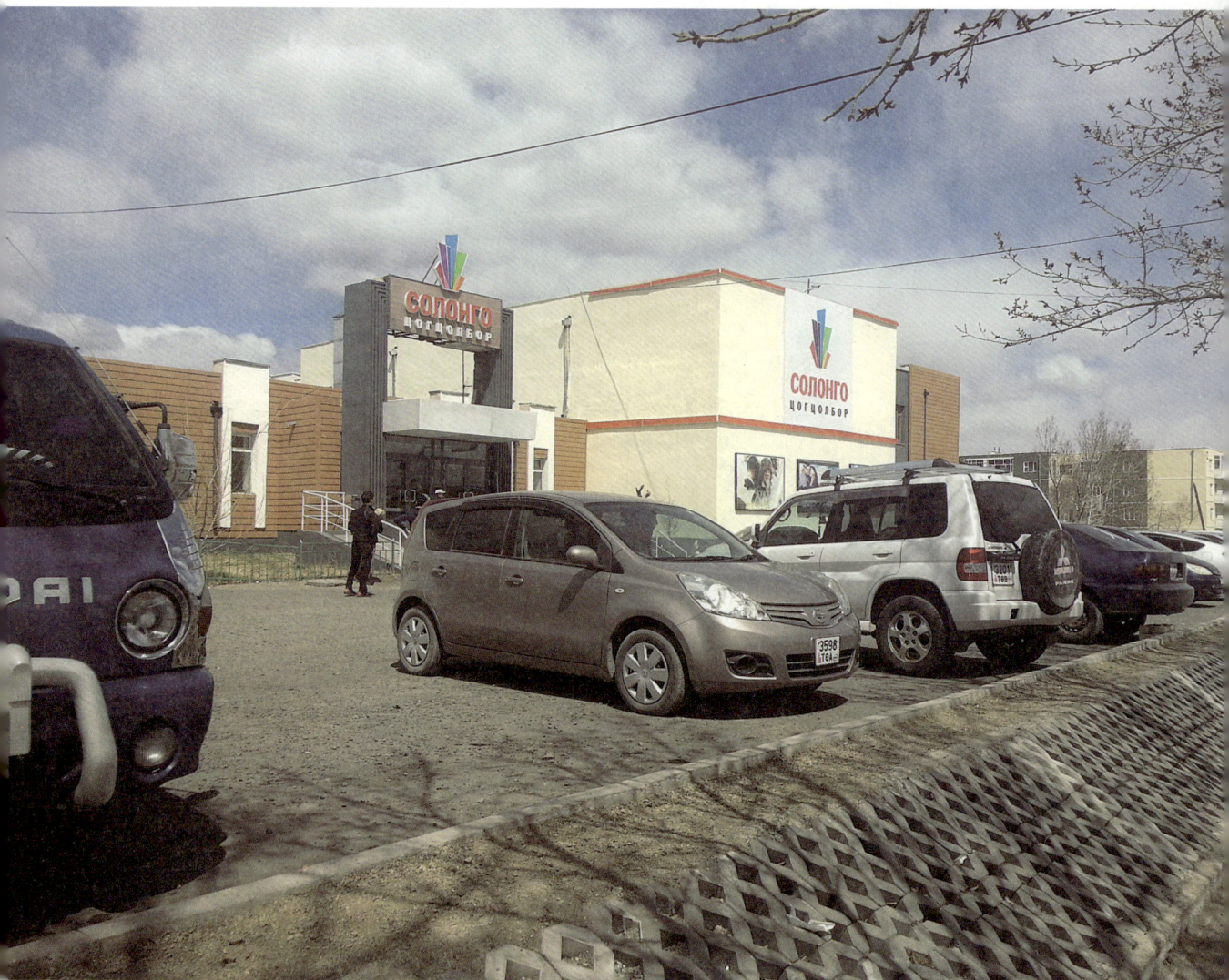

▲ 宗莫德的综合楼

　　我们在市里的综合楼停车小憩。这个综合楼相当于文化馆，有电影院、小茶间、排球场、乒乓球室，当天还真有比赛，好像是当地驻军的，人很多，运动员服装统一，有板有眼，同外面构成了鲜明对比。看来当地人周末的文化生活很丰富。

　　我们在小茶间喝了杯奶茶，吃了两个馅饼，价钱比乌兰巴托的还贵。

　　电影院的墙上挂了几幅宣传画，都是老电影的宣传剧照。新材质，老剧照，很有历史感。

　　再上车我们就从西面绕回了乌兰巴托，绕了好大一圈……

▲ 小茶间
▼ 老电影海报

宝音图老师的新学生

汉语班毕业后，宝音图老师又临时接了一个短训班的活。

这种短训班类似中国的在职进修课程，一年集中两次上课，每次一个月，三年毕业，发本科文凭。班长不给力，学生的学习热情不是很高，班里20多人，但每次只来八九个。由于只听一个星期的课，他们和我们并不熟，但也聊了几次，对我们很好奇也很友好。

哎，有点想达瓦他们了。

鄂尔多斯歌舞团演唱会

好久没听演唱会了。

5月20日在中央文化宫东侧的音乐厅看了场鄂尔多斯民族歌舞团的演出，演出节目叫"千秋之缘"，由该团国家一级演员额尔顿齐木格领衔主唱，蒙古国家爱乐乐团演奏。其间有歌剧选段、民族歌曲，还有现代歌。另外还穿插了其他演员的节目。服装很美，唱的也确实好。观众很认可。

"蒙军风采"比赛

5月23日上午，蒙军在成吉思汗广场举办"蒙军风采"队列比赛总结表彰大会，国防部长、总参谋长、国务秘书、首都行政长官全到了。

国家宫正面东西两个大牌上是各部队的徽章。队列面向国家宫，大约有10多个方队。到场的方队都是初选获胜的，现场还要再表演。各方队所穿的服装都有所区别，有正装、夏礼服、正装戴贝雷帽、迷彩服、维和蓝帽……有持枪，有徒手，其中一个方队还背着不知道哪国的步枪。

首都行政长官先讲了话，接着是国防部长。接下来各方队两个一组开始表演队列，其中花式方队队列的表演很有特点。

由于和达瓦约好去西面的远作庙，我们没等活动结束就先走了。

▲ 蒙军风采比赛现场

乌兰巴托西游——远作庙

5月23日13时，达瓦驱车在1小区接上我们后直奔乌兰巴托西面的远作庙。路程约70公里，大约开了一个半小时车。我们在一处小河边停车开灶，周围也有人在游玩。

蓝天绿地，小河蜿蜒，马群在侧，鹰鹤翱翔，美得像画。

达瓦的小儿子赛罕急于感受出冬后的暖意，脱得就剩条裤头，打算下河，但被制止了。我们也都脱了鞋，把绿地当作地毯。达瓦媳妇和大舅哥准备吃的，我领上赛罕去河边抓水蚂蚱。远处的河里，马儿睡意渐浓，水漫四蹄，体会着河水的清凉。

太阳在云里穿行，一会儿暖暖发烫，一会儿草风阴凉，加上远处一帮大学生戏水打闹的欢笑声，感觉置身天堂。大舅哥的手艺真好，石头烤肉没的说，香气四溢。

▶ 酣酣欲睡的马群

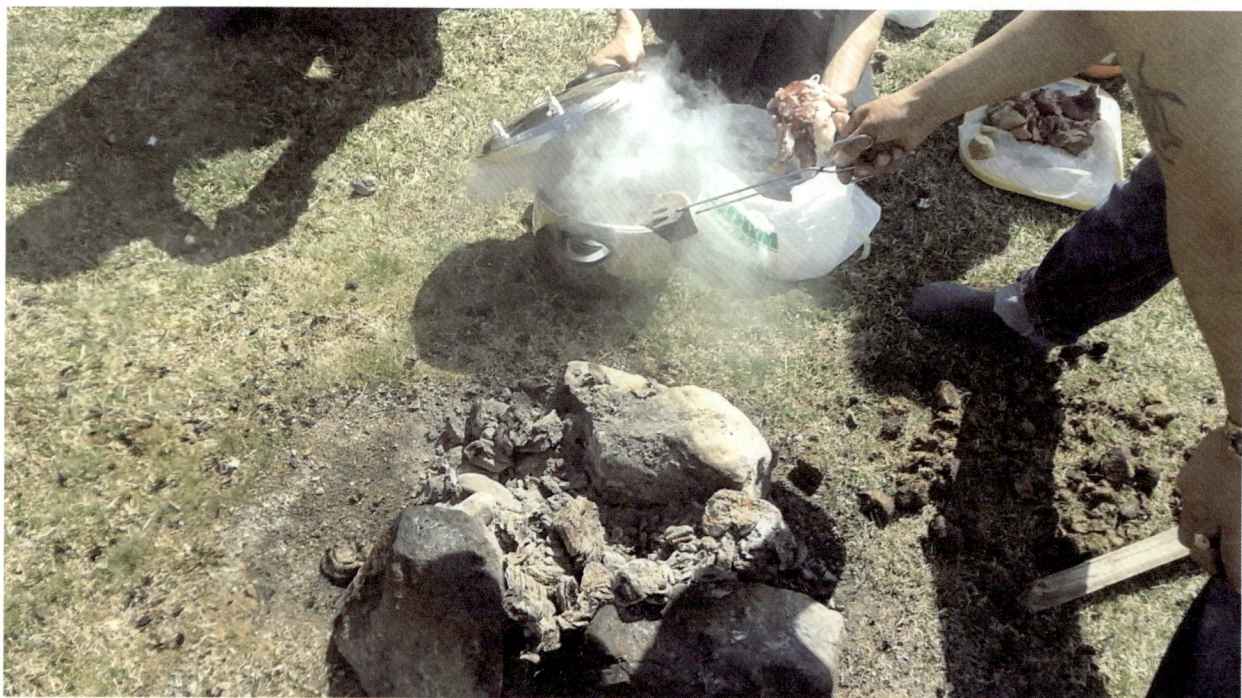

▲ 火中取石做烤肉

　　吃饱后，再上车东行四五公里，来到了吉盛寺下属的远作庙。远远地就能看出是个藏传佛教寺庙，很新。山门处售票，一人5000图。下车后便开始爬山。

　　措钦大殿供有八世哲布尊丹巴和妻子像，西侧的偏屋里有许多怪物的模型。二楼的主尊是大日如来。大殿的周围有许多石雕，就地取材。

　　接下来的爬山行程很有趣，有许多怪石隘口，并都起了恰如其分的名字。石雕很多，八脚狮子、龙脚印、象石……有的石雕体现出生殖崇拜的感觉，如一处"子宫"的景点，是从狭长的石洞内爬行而过，犹如新生。还有女性和男性的生殖器石雕。另外，寺里还有四角种羊的头骨，似乎在锻炼游客的胆量，之前在西屋见到过四角的动物头骨，能给人带来一种看破生死的感觉，总之这是个很"诡异"的地方。

▲ 长长的上山路

▼ 远作庙主殿

正殿前的石雕

▲ 石刻

▲ 白塔

▲ 奇诡的石刻

▲ 真言

▲ 脚印石

▲ 象石
▼ 卧佛

▲ 子宫石——有人正在"重获新生"

在山下一处峡谷地带居然有泉水，并且在谷地有一整片冰湖。由于背阳，直到现在也没融化，大约有20厘米厚。穿着短袖走在上面感觉新奇得很。冰层下流淌的溪水可以直接喝，许多人透过裂痕接水饮用。我连干两瓶，清凉到底。峡谷深处有片杜鹃花林，达瓦夫妇觉得这是个极其美丽的花海，照了许多相。

回城的时候已经是晚上9点多了，天黑不觉……

▲ 一地三季

▼ 谷中的冰湖

▲ 冰层下的小溪

图拉河

早就和巴特哈斯说要去做"豪日赫格"，5月24日这天终于成行。同行的还有巴特哈斯的岳父岳母，他开着岳父的面包车，再次东行去了石龟和观音庙。

巴特哈斯的岳父是体育老师，岳母是英语和俄语老师，加上媳妇是英语老师，一家全是老师，可以说是书香门第。

当天出发时已经乌云四起，到地方就开始下雨，我们在他岳父的一个亲戚家开的度假村的蒙古包里烤的肉，看场地的小伙叫朝格特，很腼腆。独自一人的小包里有一张大床，四下是简单的生活用品，用电瓶供电的DVD机可以看电视。

燃料是纯天然的，老岳父掌勺制作"豪日赫格"，与此前司机大哥和达瓦大舅哥做的程序相同，但水放的多一些，以便让肉更烂熟。

宽50米、长200米的大院子，有搭包的地基，现在游客少，只有一个支起来的包，里面的长条椅子可以当床。

吃过饭后，我们到南侧毗邻的图拉河玩，穿过一片林子，远远地看到此处的河水已经比冬天宽多了，河水清澈，岸边有人驻车嬉闹。巴特哈斯的小女儿十分喜欢玩水。朝格特领我到一处河中心的浅滩打水漂，他兴致很高，我则捡了许多漂亮的石子。

▲ 潺潺的图拉河

▼ 图拉河畔的红树林

▲ 图拉河全景

　　回来后，我们又去了趟观音寺，途经一处陡岩，有近30米高。我们爬了上去，上面居然有个呈扁平状的大洞，空场很大，洞的深处全黑，我们仅能蹲着前行。听说以前有近千名喇嘛在里头躲避祸乱，念经学习。

▲ 陡岩

　　再次来到观音寺，重要的大殿终于开了，进殿要拖鞋，以示尊敬。中间的位置供奉着十一面观音。

　　每次来都有新发现，真是一个神奇的地方……

法律课

5月27日，为了我们的研究生文凭，教务主任约谈了我们，说为了补齐学分将加几门课。

28日，学校给我们开了法律课，从蒙古宪法开始讲。老师的幻灯片做得很好，但讲得太快，有点使劲灌输的感觉，不过大学的时候学过，也好理解。当天，重点学习了蒙古政体、国体，以及大呼拉尔、总统及政府的职责和任务等。

毕竟一周就要修完，时间很紧，老师和我们要完成的任务都很重。

哈剌和林的额尔德尼昭

终于有机会去大蒙古国时期的首都——哈剌和林游览了。5月30日，宝音图老师拉上他的好哥们宾巴扎布苏伦，开上普锐斯，给了油钱10万图，司机工资4万图，直奔乌兰巴托西面的哈剌和林。

当天天气一般，西风正紧，开出乌兰巴托，卷起尘土飞扬。我们在中央省隆苏木小憩了一下，该苏木不大，沿道有七八家茶店。我们挑了一家，点了两份"炊翁"（一种类似国内炒饼的面食），一份鸡蛋香肠饭，三份饭共1万7千图，不便宜。老包拿出自己包的马肉馅包子和马肉，大家分而食之。女老板很客气，但家庭作坊式的小饭店，卫生条件不太好。

刚出门，狂风起，卷起的土障使得我们都看不见路对面了。抵达西南的额尔德尼桑特后，接着就出了中央省，过了布尔干省的瑞赛特县，而后进入后杭爱省，再向南进入前杭爱省，就到了哈剌和林。一共穿过了四个省。

老师一个26年没见的大学同学在路边接上我们。

第一站，额尔德尼昭。

位于首都乌兰巴托以西365公里的哈剌和林，最著名的景点就是额尔德尼昭。额尔德尼昭又名光显寺，是位于蒙古国前杭爱省哈剌和林的一座藏传佛教格鲁派寺院。

　　该寺始建于阿巴岱汗时期的1587年，是漠北藏传佛教第一寺，鼎盛时期曾有62座殿堂，面积为0.16平方公里。17世纪80年代被毁，后来两次重建。兴建额尔德尼昭的建筑材料取自哈剌和林城遗址。该寺周围建有108座白色佛塔墙，蔚为壮观。

　　我对额尔德尼昭慕名已久，远远望去，首先映入眼帘的就是一圈白塔院墙，共108座白塔。比想象中的大。

▲ 远眺额尔德尼昭，白塔围墙十分显眼

▲ 白塔围墙

▲ 额尔德尼昭 全景——外

从西门入，首先是左、中、右三殿（召），典型的汉式建筑。三殿的大厦内规制很高，中殿供三世佛。当天没什么人，当地人不来，倒是有几伙老外。

三殿前面是达赖喇嘛庙，是土谢图汗为迎请五世达赖喇嘛所建的。

三殿东面是青庙，供达赖喇嘛像。再向东是金塔，即藏传佛教的白塔，是四世哲布尊丹巴时期所建的灵塔。

▲ 额尔德尼昭正门口

▲ 额尔德尼昭 全景——内

▲ 额尔德尼昭大门

▲ 进门的导游处

▲ 甬道

左殿

中殿

▲ 额尔德尼昭 步入大门远眺三大殿

右殿

▲ 远眺三大殿

▼ 达赖喇嘛庙

▲ 白塔

　　再向东就是一个叫"拉卜楞"的藏式建筑风格的院落，意为活佛的住处。现在是喇嘛每天学经、住宿、生活的地方。我们到的时候，当天的晨课已经结束。遇到一个小喇嘛，十二三岁。我们询问是否可以看看门里面，他愣愣地、但动作麻利地打开了门。见里面供的三世佛唐卡，我问可以照相吗，他说可以。他很随和，引我到主殿。正值课间休息，里面有几个年轻的喇嘛在那，其中一个在摆弄手机。我没进去，只在门口照了张相。

　　院子对面有个牌子说这儿有个龟石建于回鹘时期9—10世纪，用意大概是标示主权吧。但后来才知道是在白塔院墙外。

▲ 喇嘛

▲ 额尔德尼昭——大锅

▲ 额尔德尼昭——香炉

▲ 藏楼小院

▲ 藏式小楼
▼ 藏式小楼内的讲经堂

第二站，哈剌和林博物馆。

该博物馆坐落在额尔德尼昭的南面。主要介绍哈剌和林的历史，尤其是其作为大蒙古国都城的历史，同时也介绍了蒙古族的发展史。这里收藏了许多不同历史时期的文物，包括陶器、箭头、钱币等，其中就有哈剌和林作为都城时，汗庭大殿中央的欧式喷水池正中的女神像残片。

博物馆是日本人援建的，同时我们的考古工作者也参与到了哈剌和林城遗址的挖掘工作中。展品的介绍里加了日文。看见文物的式样，尤其是一对唐代武士陶俑，感觉就像在中国。

▲ 哈剌和林博物馆

第三站，哈剌和林纪念碑。

哈剌和林城西南的山坡上有座纪念碑，三个半圆高壁围着中间的敖包，三个高壁上分别画着匈奴、突厥、大蒙古国时期的地图。

▲ 哈剌和林纪念碑

▲ 三面碑体——匈奴时期
▶ 三面碑体——突厥时期
▼ 三面碑体——大蒙古国时期

从这里可以俯瞰哈剌和林，想象它作为旧都时的繁华。此后，我们到老师同学家吃了顿饭。

返回的时候已经是晚上9点，天还亮着。路上，我不知不觉睡着了，醒来时，发现车停在路边，四下漆黑，司机也在睡。对呀，安全第一。夜幕下的草原，云层蔽月，一片漆黑，冷风呼啸。看不见山梁和夜空的边界，不时擦身而过的汽车是仅有的光源。一宿夜道，进乌兰巴托已是早上6点。

▶ 难见昔日繁华的哈剌和林

六一儿童节

　　确实没想到，蒙古如此重视六一儿童节。当天的乌兰巴托广场人山人海，当地市民把小孩子打扮得漂漂亮亮，举家外出，抱着、拉着、推着小孩，成人脸上也挂着笑容。

▲ 六一儿童节当天热闹的成吉思汗广场

乌兰巴托市政府在广场上搭了个巨大的卡通舞台，中央是乌兰巴托的市徽——金翅鸟。好像交钱就能上去和卡通人像合影。值得注意的是，全是蒙古卡通人物像。

广场上搭了许多帐篷，卖书、玩具、食品。靠近苏赫巴托像的地方是个给小孩画花脸的区域，几个画家正在给小朋友画花脸，主要是漂亮的纹饰。

当天，杂技馆对面的广场上设立了临时游乐场并开设了许多摊位，还有电动玩具。一处烤肉的摊位很有特色，硕大的"烤串"由一只整羊捆成。

▲ 极富民族特点的玩偶

▲ 画花脸的小朋友

▶ 人海中还有许多留恋
童年的年轻人

▼ 文艺表演

▲ 杂技馆前的临时游乐场

▼ 硕大的烤串

地道的蒙餐

6月4日，宝音图老师请我们到西十字路口的蒙餐馆吃地道的蒙餐，是他朋友的餐馆。

一共点了两份菜。菜端上来的时候，确实挺吓人。一个硕大的盘子，上面用面饼蒙出个小山。挑开面饼，下面是大块的牛排骨、蒸土豆和胡萝卜，还有一片洋葱。称不上好看，但分量十足。老师说，一盘是一人份，但我们的饭量不大，点了两份还是剩了。蒙餐味道确实不错，肉很嫩，香气四溢，纯粹的大口吃肉，大碗喝酒……

▲ 地道的蒙餐

▲ 面皮下的大肉块

回来的路上，凉风徐徐，宝音图老师身着短袖衬衫，但却说不冷。步行路过百货大楼的时候，老师在六楼给我们每人买了一个蒙古国旗钥匙链作为纪念。

到了楼底下，我们又在小酒馆坐了坐，没有青岛啤酒，宝音图有些失望。

历史课

6月5日，中心给我们开了历史课，钦巴主讲。之前我们就聊过，所以很熟。

他准备了很多幻灯片，从匈奴到突厥一路讲下来。看得出，他十分谨慎。

巴格努尔

6月6日，和宝音图老师驱车去东面130公里外的巴格努尔。听他说好几回了，这次终于成行。

途经纳赖赫、特烈吉，我们在纳赖赫一住宅区歇脚。该住宅区原为苏军住宅区，后来归蒙军，再后来老百姓也住了进来，院子里有个用米格21飞机壳子做的纪念碑，表示这里原是空军的地盘。老师的同学是个退役的警察中校。我们吃了顿面条，又拉上中校同行。

▲ 飞机壳纪念碑

途经中央省的额尔顿特，又见了老师的一个同学。

然后就到了巴格努尔。快到时，见到了该市的纪念碑，远处的煤矿还在尘土飞扬的开采中。因为有煤，巴格努尔看起来还像座城市，有成片的苏式建筑，道路也四通八达。

▶ 巴格努尔城市纪念碑

▲ 牧区木质民居

　　我们在蒙古包区又见了老师的一个同学，大家一起吃包子，唱歌。

　　回来的时候，我们来到了巴彦德日格勒县，这是蒙古大文豪纳楚克道尔吉的家乡。学校的一处院里有他的雕像，另一座比较著名的雕像在成吉思汗广场东面乌兰巴托大宾馆的广场上。

▼ 巴彦格日德勒县里的纳楚克道尔吉纪念碑

МИНИЙ НУТАГ

Хэнтий, Хангай Саяаны өндөр сайхан нуруунууд
Хойд зүгийн чимэг болсон ой, хөвч уулнууд
Мэнэн Шарга Номины өргөн их говиуд
Өмнө зүгийн манлай болсон элсэн манхан
ДАЛАЙНУУД
Энэ бол миний төрсөн нутаг
Монголын сайхан орон ...

Д. НАЦАГДОРЖ

▲ 蒙古大文豪纳楚克道尔吉著名的诗篇《我的家乡》

▲ 毗邻独立宫的乌兰巴托大宾馆

▶ 乌兰巴托大宾馆前的纳楚克道尔吉像

回来的时候，车坏在城东面了，还好有27路公交。

独立宫

　　19日，因为订机票的原因，第一次走进原蒙古人民革命党党部大楼，即现在的独立宫。原蒙古人民革命党党部大楼在2008年大选后因为骚乱被烧毁了，后来党内的领导们集资重新修葺了。当天有活动，因此挂了气球。里面有个票务中心，部分房间对外出租，如订票点。大厅二层楼梯中段立有苏赫巴托像。

▲ 独立宫

独立宫前的乌兰巴托市徽

独立宫大堂里的苏赫巴托像

路过广场的时候，发现苏赫巴托区正在广场上举办建区50周年活动，市长、区长都到了。

下午，我邀请汉语班的学员来家里玩，由于通知得晚，只有达瓦、阿拉坦思琴、楚龙来了，但我还是很高兴。

▲ 苏赫巴托区建区50年庆典